어린 새들이 울고 있다

어린 새들이 울고 있다

2022년 12월 20일 초판 1쇄 인쇄
2022년 12월 30일 초판 1쇄 발행

지은이 | 김세인
펴낸이 | 孫貞順

펴낸곳 | 도서출판 작가
(03756) 서울 서대문구 북아현로6길 50
전화 | 02)365-8111~2 팩스 | 02)365-8110
이메일 | cultura@cultura.co.kr
홈페이지 | www.cultura.co.kr
등록번호 | 제13-630호(2000. 2. 9.)

편집 | 손희 김치성 설재원
디자인 | 오경은 박근영
영업 | 박영민
관리 | 이용승

ISBN 979-11-90566-55-1 03810

* 이 책은 세종특별자치시 전문예술창작지원 보조금 일부를
지원받아 제작되었습니다.

값 14,000원

어린 새들이 울고 있다

김세인 장편소설

작가

차 례

1부
유정리에 머물다

호랑이와 닭의 동거

닭이 운다.

의식이 기지개를 켜지만 우조는 눈을 뜨지 않는다.

닭이 또 운다.

아까는 위 땀 쪽이었고 이번엔 위 땀과 음지 땀 중간쯤에서 들린다. 두 놈이 번갈아 쌍나팔을 불어대는 통에 우조는 잠을 놓쳐버렸다. 이불을 끌어다 머리까지 뒤집어 써보지만 소용없다. 우조를 일으키고야 말겠다는 듯이 닭들이 가열한 울음을 토해내고 있다. 그 소리가 우조의 상상력을 일깨운다.

행군하는 병사들을 독려하기 위해 나팔을 불어대는 이미지가 떠오른다. 새도 아닌 것이, 동물 같지도 않은 것이 용을 쓰는 것이 가상도 하구나.

닭이 또 운다. 이번엔 음지 땀이고 우조네 집 근처에서 들린다.

"고올 골 골골……."

병들었는지, 아니면 생의 끝자락에 도달했는지 닭은 울음을 질질 흘리며 풀 죽은 소리로 청승을 떤다.

모든 목청 가진 것들은 소리로 제 존재를 알리려 드는구나.

까치가 울던 아침이 떠오른다.

집 앞 미루나무에서는 까치가 기쁜 소식을 알리느라 명랑하게 짖어댔었지, 장독대 뒤에서는 조막만한 참새들이 꽁지를 짓까불며 수다를 떨었고, 뒷동산에서는 가끔씩 멧비둘기가 구성지게 노래했었지.

새들이 노래한다고 해야 문맥이 순하게 흘러가는데, 노래한다고 쓸 때는 기분도 덩달아 맑게 올라가고 다 쓰고 나도 몸이 개운한데, 닭이 우는 걸 뭐라고 적어 놓을까…….

의식의 흐름이 여기까지 흐르자, 우조는 문맥에 동맥경화가 일어나는 느낌이 든다. 이렇게 빽빽한 느낌으로 글 밥을 채우고 나면 머릿속에 먹구름이 끼고 그러다 보면 또 비가 올 텐데.

이광수의 '낮닭이 운다.' 라는 문장이 생각난다. 춘원은 그때 무슨 메시지를 전하려고 닭의 울음을 끌어왔는지, 지금 기억하고 있는 그 문장이 춘원의 글인 건 맞는지…….

닭의 울음이 들리지 않는다. 닭이 울음을 멈춘 건지, 아니면 생각에 몰입하느라 소리를 못 들었는지. 친정에 와서 첫잠을 자고 났는데 하필 닭의 울음에 붙들려버린 게 어떤 사건의 복선은 아닌지 걱정스럽다.

호랑이와 닭은 상극이여.

아는 소리 좀 한다는 이가 했던 말이다.

그이는 딸네 집에 가끔씩 다니러 왔었고 누가 묻지도 않는데 무슨 선문답 같은 소리를 지껄이곤 했다.

한 번은 동네에 소를 잃어버린 집이 있었다. 그런데 그이가 동남쪽으로 사람을 풀어놓으라고 했다. 그쪽으로 사람들을 보냈더니 정말로 소도둑이 그쪽 장에 소를 팔러 나와서 잡은 일이 있었다.

또 한 번은 동네 사람들이 관광을 가기로 날을 잡았는데, 어떤 부인에게 물가에 가면 횡액을 당할 수 있으니 가지 말라고 했다. 그 부인은 그 말을 흘려듣고 놀러 갔다가 강에서 실족사 했다.

어느 한 날 그이가 우조네 집에 들어왔다.

마실 꾼들이 모여서 화투를 치고 있었고, 우조는 윗방에서 동생들과 공기놀이를 하고 있었다.

"지나가다가 목이 말라서 들어왔네요."

그이가 말했다.

우조가 물을 뜨러 가려고 일어나자, 사람들이 영리한 애가 말도 잘 듣는다고 칭찬했다.

"당연히 지가 해야지, 그게 싫으면 하나 달구 나오던가."

우조의 엄마가 그렇게 말했다. 하나 달고 나오지 못한 죄, 그러니까 아들로 태어났으면 그 일을 하지 않아도 된다는 말에 우조는 수치심을 느꼈다.

물을 떠다가 공손하게 바쳤다. 그런데 물 사발을 받아 든 그이는 물을 마시지 않고 우조의 눈을 들여다보았다.

"범띠 상이라……. 범과 닭은 서로 상극인데, 이 댁에는 닭이 두 마리나 있구먼."

우조는 그이가 무슨 소리를 하는지 이해하지 못했다.

"우조가 범띠 잖어. 즈 엄마하구 고모가 닭띠구, 그 소리지유?"

누군가 물었지만, 그이는 대답하지 않았다.

화투패들은 판을 접고 앞 다투어 그이에게 말을 시켰다. 아들의 혼사가 이

뤄질 것인지, 며느리가 이번에 아들을 낳을지 딸을 낳을지 등등을 물었지만, 그이는 하품만 할 뿐이었다.

우조는 대학에 들어가서 여러 계통의 책을 두루 섭렵하며 읽던 시절에, 심심풀이 삼아서 사주팔자에 관한 책을 읽었다. 음양오행과 십이 간지가 어떻게 맞물리면서 서로 상생하고 해를 끼치는지에 대한 내용을 보게 되었다. 닭과 호랑이는 원진 관계. 야행성인 호랑이가 뭘 좀 하려고 하면 닭이 울면서 훼방을 놓아 산통을 깨는 형국이다, 라고 풀이되어 있었다.

우조는 일어난다.

눈곱을 떼고 손 빗질을 하고 앉아 노트북을 연다.

어제의 날짜를 써놓는다. 아침에 일어나서 제일 먼저 하는 일이, 전날에 겪었던 일을 정리하는 것이다. 처음엔 습관들이기 무척 힘들었고, 익숙해졌을 때는 작가니까 해낸다는 뿌듯함도 있었다. 그러나 이제는 머리 맑고 눈 밝은 시간에 이 허접한 걸 쓰느라 창작을 못 하고 있다 싶어서 바꿔보려는데 그게 또 쉽지가 않다. 하지 않으면 마치 혈압약을 빼먹은 듯 불안해서 그냥 메꾸고 만다.

오늘은 사정이 좀 달라졌다. 닭 때문에 아침부터 정신이 부스러진 데다, 어제 친정에 왔으므로 겪은 일이 좀 많다. 저녁에 따로 시간을 내서 정리하기로 하고, '오늘의 할 일'을 메모하기로 한다.

빈 문서를 열어서 첫 문장을 쓴다.

닭.

우조가 아주 어렸을 적에, 닭이 첫 홰를 울고 나면 아버지는 일어나 밖으로 나갔다.

헛기침도 하지 않고 조용히 나갔지만, 우조는 잠에서 깼다.

아버지가 신발을 신느라 댓돌에 내려서면 마루 끝에서 워리가 제 밥그릇을 차는 소리가 들렸다. 아버지는 워리의 등을 한 번 툭 쳐주고, 외양간에 가서 소를 들여다보고, 변소에서 볼일을 봤을 거라고 우조는 짐작했다. 볼일을 마친 아버지는 헛기침을 해가며, 집안을 한 바퀴 돌았다.

쓱쓱 싹싹

댓돌과 봉당에서 비질 소리가 들릴 때쯤이면 서너 마리의 닭이 번차례로 울어댔다.

아버지의 빗자루 소리가 변소 쪽을 지나서 대문 밖으로 가물가물 사라질 때쯤이면 엄마가 일어났다. 엄마는 중구난방으로 널브러져 자는 어린 것들을 반듯하게 누이고 이불을 덮어주고 다독여 주었다. 그러나 우조는 그 손길을 받은 기억은 없고, 엄마가 문 열고 밥하러 나가던 것만 생생하다. 엄마가 나가고 나면 우조는 장지문을 밀고 안방으로 내려와서 엄마 이불 속으로 들어갔다.

건넌방이 있는데도 그 방에는 불을 때지 않았다. 커다란 방에 장지문을 달아서 안방 윗방을 갈라놓은 구조였는데 동생들은 죄다 그 방에서 잤다. 안방 맨 아랫목에는 엄마가 아기를 안고 잤고 그 뒤에는 넷째 남동생이, 셋째, 둘째가 그리고 맨 위에는 요를 따로 펴고 아버지가 잤다. 장지문을 열면 윗방이 있는데, 윗방 아랫목에는 고모가 자고 우조는 윗방에서도 맨 위쪽에 잤다.

윗방에는 초저녁에만 미지근하게 불기운이 있고 새벽에는 냉골이었다. 요강은 안방에만 있어서 자다가 오줌이 마려울 때면 장지문을 열었는데, 훈훈한 안방 공기에 우조는 까닭 없이 가슴이 시렸다. 너무도 평화롭게 자고 있는 안방 식구들의 풍경을 볼 때면 엉뚱한 생각이 들었다.

장지문이 삼팔선 같네. 식구끼리 자는데 왜 굳이 장지문이 있어야 하지?

고모에게 도움을 청했다.

"장지문을 떼어내 달라고 해볼까?"

"난 윗방이 좋아. 내가 방장도 하고."

'한편이라고 생각했는데 고모는 적군이었어. 내가 두 번 다시 고모와 한편을 먹나 봐라.'

우조는 속으로 이렇게 다짐했다.

고모와 한방을 쓰는 것은 정말 고역이었다. 이불을 누에고치처럼 말고 자는 건 예사고 통나무처럼 무거운 다리를 우조의 가슴에 또는 허리에 턱 하니 올려놓고 잤다. 고모는 황소처럼 힘이 장사여서 우조는 어찌해볼 마음도 먹지 못하고 날이 새기를 기다린 적이 많았다.

우조는 아침 상머리에 앉으면 엉덩이가 따뜻해지면서 몸이 노곤해졌다. 밥이고 뭐고 따뜻한 아랫목에서 폭신한 이불을 머리끝까지 혼자 독차지하고 자고만 싶어졌다. 숟갈을 들고 졸다가 재채기가 나와서 깜짝 놀라 깬 적도 있었다.

"언니 졸린가봐."

셋째 여동생, 우영이 그렇게 말했지만, 식구들은 아무도 그 말에 신경 쓰지 않고 밥만 먹었다.

고모는 엄마가 보지 않을 때 눈치껏 계란찜을 한 번이라도 더 떠먹고 싶어 했고 남동생은 엄마가 밥숟갈에 얹어 주는, 맛난 반찬을 먹느라 바빴다.

우조는 감기에 자주 걸렸고 콧물을 달고 살았다.

숭늉은 커다란 양푼에 담겨 있었는데, 그걸 들고 마시다 보면 미처 들여 마시지 못한 콧물이 입술로 흘러내려서 양푼에 빠질 때도 있었다.

누군가 코 빠뜨렸다고 소리를 지르면 엄마가 말했다.

"물코니까 그냥 먹어. 안 죽어."

그러면 두 여동생이 한마디씩 했다.

"난 안 먹을래."

"나두."

이 집안의 장남인 넷째, 승기는 언제나 떳떳하게 외쳤다.

"물!"

엄마가 승기의 요구를 들어줄 의무가 있다고 말하지는 않았다. 그러나 고모는 승기를 상전으로 모셨다. 그래서 승기가 물! 이라고 말하면 고모는 우조와 눈길을 맞추며 무언의 사인을 보내곤 했다.

'네가 코를 빠뜨렸으니 네가 떠와.'

그러거나 말거나 우조는 태연하게 앉아 밥을 먹었다. 집안의 가장은 아버지이고, 고모는 가장의 동생일 뿐이기 때문에 우조는 굽힐 필요가 없다고 생각했다. 밀당하다가 실패한 고모는 숭늉을 새로 떠다가 승기에게 바치고 앉으면서 우조를 꼬집거나 먼 데 앉아있을 땐 지나가면서 발을 밟았다. 그때마다 우조는 과장되게 "아야!"하고 소리를 질러서 엄마에게 간접적으로 고자질을 했다. 실수로 한 일이면 그보다 더 아파도 참겠지만 고의로 한 것이라서 절대로 그냥 넘어갈 수가 없었다,

세월이 좀 더 지나서 둘째, 우미도 윗방으로 밀려났다. 고모의 몸집은 코끼리처럼 거대해졌고 그에 비례해서 잠버릇은 곱으로 고약해졌지만, 이불은 여전히 한 채였고 크기도 그대로였다. 고모는 자기가 가운데를 차지했고 우조와 우미를 양쪽에서 자게 했다. 천장을 보고 똑바로 누우면 한쪽 어깨와 허리가 밖으로 나왔다. 우조와 우미는 몸을 모로 세우고 고모 쪽을 보고 잤다. 잠이 들

기 전에는 팔베개도 해주고 이불도 덮어주었다. 그러나 잠이 들면 두 조카를 팔로 밀어내고 누에고치처럼 이불을 둘둘 감고 잤다. 아침에 일어나면 우미가 콧물을 줄줄 흘리며 뻣뻣해진 어깨와 팔을 주물렀고, 밥상머리에서 밥을 입에 한가득 물고 있다가 푸! 하고 내뱉으며 재채기를 했다.

엄마가 등짝을 갈겼다.

"니가 뻥튀기 장사니, 어? 왜 밥을 푸푸 내뱉어 내뱉길!"

동생들이 키득키득 웃었지만 우조는 고모 눈치를 보며 참았다. 고모는 황소보다 더 큰 몸집이면서 성질머리는 밴댕이 소갈딱지처럼 좁아서 손톱만큼이라도 불리할 때는 벌처럼 날아와 독침을 놓는 주특기를 발휘하기 때문이었다.

고모가 나물 뜯으러 가고 없을 때, 그동안 있었던 모든 사정을 고해바쳤지만 엄마가 별 반응이 없어서 우조는 화가 났다.

"내가 힘들다는데…… 엄마는 누구 편이야?"

"식구끼리 편이 어딨어, 이것아. 니가 그런 고모를 만난 것도, 내가 그런 미련퉁이를 시누로 만난 것도 다 팔자소관이려니 하고 살자. 으떡하니, 한쪽 귀퉁이를 접구 살어야지."

우조는 괜히 눈물이 나왔다.

울면 또 청승맞다고 등짝을 맞을 게 뻔해서 참아보려고 했지만, 눈물이 자꾸 흘렀다. 무릎 사이에 고개를 박고 울었다. 눈물이 땅바닥에 똑똑 떨어졌다.

"저기 봐라!"

엄마가 가리키는 손가락 끝에, 매 한 마리가 소리도 없이 날개를 펄럭이며 비행했다. 그게 뭐 어쨌다고? 하며 엄마를 째려봤다. 엄마의 눈도 젖어있었다.

그런 일이 있은 뒤부터 아주 추운 겨울밤이 되면 아버지는 우조를 불러 내렸다. 당신 요 위를 두드리며 "오늘 밤은 여기서 자자" 고 했다. 우조가 베개를 들고 그 옆으로 가면 아버지가 이불을 들추며 팔을 뻗었다. 우조가 이불 속으로 들어가면 아버지가 팔베개를 해주며 우조를 끌어당겼다. 세상에서 가장 따뜻하고 편안하고 포근한 잠자리였다.

기적 같은 일이 벌어졌다.

고모가 서울로 간 것이었다.

우조가 윗방의 방장이 되었다. 얼마 안 되어 연탄보일러를 놓았고, 또 얼마 안 되어 기름보일러로 바꾸면서부터는 장지문을 떼어내고 방에 온수 보일러를 깔아서 아랫목 윗목 없이 방바닥의 온도는 공평해졌다.

때로는 인간이 해결하지 못하는 것을 시간이 흘러가면서 해결되는 일이 많이 있다고 우조는 적는다.

장풍자 씨의 만담

기척도 없이 방문이 삐끔, 열린다. 노모다.

"너 운제 왔니?"

노모의 행색이 가관이다. 헐렁하고 낡은 팬티와 러닝을 걸쳤는데 허리에는 웬 검은색의 전대를 차고 있다.

사월이지만 아직 추운 데 왜 저렇게 옷을 다 벗었지, 게다가 장사꾼처럼 전대는 또 왜 차고 있을까, 정말 치매 걸렸나?

"왜?"

"뭐가요?"

"왜 그런 눈으루 쳐다보냐구."

"안 추워? 엄마 원래 추위 타잖아."

"너 춥까버서 밤에 보일러를 올렸더니 너무 더워."

'너무 더울 정도로 보일러를 틀었다고? 엄마가 딸을 위해서?'

노모는 원래 딸들에게 이런 배려를 하는 사람이 아니다.

아무래도 치매 걸린 것 같다던 동생들의 말이 어쩌면 사실일지도 모른다. 전대를 차고 있는 것도 그렇고 노모의 행동이 평소와는 좀 다르다.

아침 숟갈을 놓자마자 방으로 들어간 노모는 침대에 누워서 잼잼잼을 하고 있다. 아기 적으로 돌아가기 위해서 퇴행 연습이라도 하려는 것처럼 보인다.

"밥을 먹었으면 밥값을 해야 사람 노릇 제대로 하는 거라며?"

노모는 대답은 하지 않고 우조를 쏘아본다.

"사람이 태어날 때는 주먹을 쥐고 태어나고 죽을 때는 주먹을 피구 떠나는 거여."

무슨 선문답인지. 죽을 때가 되니까 귀신이 되어가나 싶어서 우조는 주먹을 쥐었다 폈다 해본다.

"저승사자가 문간에서 기다리구 있는데, 내가 시방 아꺼운 시간을 밥값 하는 데 쓰게 생겼냐, 그 말이여."

"그럼 그 잼잼잼은 뭐야?"

"이거하문 치매 안 걸린 대여. 손가락 신경이 뇌하구 연결되어 있대여."

"의사들이 이젠 에어로빅도 가르치나 보지?"

"왜 애먼 의사는 싸잡아서 욕을 하구 지랄여. 웃음치료사한테 제대루다 배운 건데."

노모는 손뼉도 치고 팔을 막 흔든다. 팔을 흔들 때마다 팔뚝 안쪽이 빈 가죽 주머니처럼 덜렁거린다.

"살은 다 어디로 가고…… 사람은 죽어서 이름을 남기고 호랑이는 죽어서 가죽만 남긴다는 말도 틀린 거 같아……."

"틀리긴 뭐가 틀려? 내가 죽는다구 내 이름이 읎써 지냐? 내가 죽어두 이름

장풍자는 그대루 남어 있지."

"이름이라고 다 이름인가? 여러 사람이 불러줘야 그게 이름이지."

노모가 잼잼잼을 멈추고 우조를 째려본다.

"불러주지 않으면 사람이 살았어도 이름이 없는 거고, 이름을 알리고 죽으면 죽었어도 그 이름은 산 이름이지."

"그러니까 뭐여, 넌 죽으문 이름이 남으니까 사람이구, 나는 이름을 못 남기고 죽으니까 호랭이나 마찬가지다, 그 말이 하구 싶은 거여?"

우조는 웃음을 참느라 입꼬리만 비튼다.

노모가 벌떡 일어난다.

"듣자 듣자 하니까 별 그지 깡깽이 같은 소릴 다 지껄이구 자빠졌네. 가자! 어이 옷 입어!"

노모가 우조의 자동차 열쇠를 주며 앞서라는 시늉을 한다.

"삼송리 가자, 혈압약 타러.

"약은 아직 남은 것 같던데?"

"엎어지문 코 닿을 텐데 꾀 피부리지 말고 어여 차 문이나 열어."

우조는 풍자 씨가 드라이브를 하고 싶은가보다 생각하며 차에 오른다.

논둑을 경계로 하여 고만고만한 다랑이 논들이 이웃하고 있던 들판은 농지정리를 해서 널찍널찍하게 펼쳐져 있다. 개울가에는 연녹색의 어린 새순이 돋아나는 버드나무가 줄지어 서 있고, 참새들은 먹이를 찾으려는지, 포르릉포르릉 묵은 찔레 덤불 속을 드나드느라 야단이다. 내일은 냉이를 뜯으러 나와야지 하는데 보건진료소 앞마당이다.

차 시동을 끄자, 노모가 우조의 팔을 붙잡는다.

"너, 지금부터 내 말 잘 들어. 네 이름을 아는 사람이 많은지 내 이름이 많은지, 그걸 물어볼 거여. 네 이름을 아는 사람이 많으믄 넌 이름이 있구 나는 움다구 인정할 거구. 그렇지 않을 땐 아까 니가 한말 취소 해여. 괜히 이름두 움는 것이 작가랍시구 시건방 떨지 말구. 알었어?"

"쩟!"

"왜 뚦어?"

"뚧다기보다도……."

"내 말 안적 안 끝났어. 만약에 내 이름을 더 많이 알문 그땐 난 이름이 있구 넌 음는 거니까. 날 이름 있는 사람으로다 대접해줘."

"어떻게?"

"우떻게는 뭘 우떻게여. 내 이름을 불러줘야지."

우조는 어이가 없어서 콧방귀가 나오려는 걸 간신히 참는다. 이 노인네가 치매기가 있다더니 남의 말꼬리 잡고 늘어지는 편집증 비슷한 증상이 생긴 건가 싶기도 하지만 어려운 일 아니니 장단을 맞춰 주기로 한다.

"풍자 씨 그럴까, 아니면 장풍자 그럴까."

"그건 부르는 사람 맘이여."

차에서 내린 노모가 앞서고 우조도 따라 들어간다.

대걸레질을 하고 있는 아줌마에게 노모가 말을 건다.

"소장님, 잘 지내셨에유? 보건소가 전에 왔을 적 보덤두 더 깨끗해졌네유."

"네, 장풍자 어머님두 전 보덤두 좋아 보이시네요?"

노모가 인사하라고 우조 옆구리를 찔러서, 우조가 인사를 한다.

"안녕하세요?"

"네, 어서 오세요. 따님이신가 봐요, 두 분이 많이 닮으셨어요"

“우리 큰딸이여유.”

“아, 작가한다던 그 따님…….”

우조가 다시 목례를 한다.

“약은 안적 좀 남었는데, 차 편 있을 때 타다 놀라구 왔어유. 한 달 치 미리 타갈 수 있지유?”

소장이 고개를 끄덕이며 혈압기를 가리키자, 노모가 혈압을 잰다.

노모가 혈압기에서 나온 종이를 빼서 소장에게 준다.

“백이십에 팔십삼. 혈압 좋으시네요.”라고 하면서 소장이 사무실로 들어간다. 출입문이 열리고 한 할머니가 들어온다.

“어이 와유. 나 알지유?”

“그럼유, 알지유.”

“내 이름두 알지유?”

“글세유, 장풍년이가 동생인 거 까지는 알겠…… 아, 맞다. 장풍년이 언니 장풍자, 맞지유?”

“네, 맞어유.”

“장풍년이는 요즘 우떠유? 풍 맞어서 요양원 갔다는 얘긴 얼핏 들었는데.”

“더하두 들하두 안 하고 장 그래유. 똑같어유.”

“소학교 댕길 적에 공부는 줌 빠져두 사람은 그만이었는데. 장풍년이 보거던 안부나 전해줘유. 내 이름 알지유?

“알주 그럼.”

“뭔데유?”

“김말년.”

“장풍자 어머님! 약 나왔어요.”

노모가 사무실로 들어가고 우조는 화장실로 들어간다.

우조가 볼일을 보고 나오니 노모도 나온다.

"너 벌써 요실금 생겼니?"

"엄마!"

"아니문 말구. 그건 그렇구. 나두 이름이 있다는 거 똑똑히 봤자?"

"짜고 치는 고스톱 판 같긴 하지만 인정!"

"짤 시간이나 있었냐? 억지 쓰지 말구, 아까 말한 거 그거 농담 아니니까, 너 앞으로 나를 부를 때 이름을 불러. 알었어?"

우조는 대답하지 않고 차에 올라 시동을 건다.

"우리끼리 있을 땐 그냥 하던 대루다 하구. 남들한테 내 얘기를 할 땐 이름을 부르란 말여."

우조는 연습 삼아 노모의 이름을 불러본다.

"풍자 씨!"

풍자 씨가 기습을 당한 듯 깜짝 놀라면서 웃다가, "왜애 불러?"하고 송창식의 노래 가락을 흉내 낸다.

"왜애 불러 왜애 불러 돌아서서 가는 사람 왜애 불러…… 가나다라마바사 아자차카타파하 …… 우헤우헤우우우!"

풍자 씨가 손장단으로 무릎을 두드리며 수선을 피우고 우조는 자꾸 웃음이 나오고, 난데없는 고라니가 튀어나와서 급하게 브레이크를 밟는 바람에, 두 사람 모두 몸이 앞으로 쏠렸다. 몸을 일으키면서 우조는 풍자 씨를 살핀다. 풍자 씨의 이마에 혹이 달렸다.

"미안, 많이 아파요? 다른 덴 괜찮아?"

"괜찮어, 넌?"

"난 괜찮아요."

"고라니는? 고라니는 우티게 됐니?"

고라니는 보이지 않는다. 달아난 것 같긴 한데, 그래도 바퀴에 깔리지는 않았나 하고 우조는 밖으로 나가 본다. 아무런 흔적이 없다. 우조는 "휴!"하고 한숨을 내뱉고 나서 차에 올라타서 보건소 쪽으로 핸들을 돌린다.

"집으루 가자. 이마빼기 부딪친 건만 빼문 말짱해여. 차 돌려, 어서."

우조는 조수석으로 가서 나와 보라고 손짓을 하고 풍자 씨가 밖으로 나오는 행동을 유심히 살펴본다.

"자, 날 따라 해봐요."

우조가 다리를 벌리고 서자, 풍자 씨도 따라한다.

"재건 체조 시이작! 한나, 두울 세엣 네엣."

우조의 구령에 맞춰서 풍자 씨가 잘 따라 한다.

"이마빼기 부딪힌 것만 빼면 절단난 데 웂다니까."

우조는 풍자 씨를 안심시키기 위해 고개를 끄덕인다. 풍자 씨를 조수석에 앉히고 안전벨트를 잘 매준다. 풍자 씨가 손잡이를 꼭 잡고 반듯하게 앉는다.

풍자 씨는 우황청심환 두 알을 찾아서 한 개 까먹고 우조에게도 준다. 우조는 그걸 받아서 씹어 먹는다. 입안이 환해지며 마음이 좀 진정된다.

풍자 씨는 침대로 올라가 눕고 우조는 그 앞에 기대어 앉는다. 풍자 씨의 동태를 좀 살펴봐야 할 것 같다.

풍자 씨가 눈을 감는다.

"좋다."

우조는 풍자 씨가 어서 잠들었으면 해서 뭐가 좋으냐고 묻지 않는다.

"니가 옆에서 보초를 스니까 좋다구."

우조는 풍자 씨의 턱밑까지 이불을 끌어다 덮어주고 토닥토닥해준다.

풍자 씨가 한숨을 쉰다. 운다. 우조는 두 손을 가져다가 꼭 붙잡아 드린다.

"작은이모 생각이 나서 그려. 지금쯤 여기 이렇게 같이 있었이문 울마나 좋아. 요양원에 있으면 천덕꾸러기라는데."

잠꼬대를 하듯이 이말 저말 계속 지껄여댄다. 이럴 줄 알았으면 아까 그냥 방으로 갈 걸 괜히 여기 앉았다 싶다.

"재!"

"왜?"

"아니, 난 니가 내 말을 안 듣구 있나 해서."

우조는 벌떡 일어나서 밖으로 나온다.

"재!"

우조는 대답을 하지 않는다.

"들어와서 텔레비 줌 켜봐라! 고장 났는지, 안 켜져."

우조는 티브이를 켜놓고 리모컨을 풍자 씨의 손에 쥐어 준다.

커피를 한 잔 타서 핸드폰까지 챙겨 들고 밖으로 나와 옥상 계단을 오른다.

옥상에 올라오니 가슴이 뻥 뚫리는 기분이다.

고추 지지대로 쓰는 각목과 누름돌들이 구석에 널브러져 있는 걸 보니 이웃집에서 농작물을 가져와 너는 모양이다.

집을 새로 지으면서 창고를 들이고 방을 크게 빼서, 마당이 좁아졌다. 마당 구실을 할 수 있도록 지붕을 슬래브로 얹어달라고 요구한 건 풍자 씨였다. 몇 년 전에 고추를 널러 오르내리다가 무릎을 다친 뒤로 풍자 씨는 옥상을 거의 사용하지 못하고 있다.

우조는 누름돌을 발로 밟아보고 굴려 본다, 지압이 되면서 시원하다. 풍자 씨가 말을 걸고 귀찮게 하면 옥상으로 피신해서 발바닥 지압이나 해야겠다고 생각한다.

전화가 온다. 셋째, 우영이다.

"언니, 별일 없지?"

"있어."

"왜? 무슨 일?"

"좀 다쳐서 이마에 혹이 났어."

"혹이? 얼마나? 누가?"

"풍자 씨, 감자만 하게."

"크, 풍자 씨는 또 뭐야? 휴……!"

"너, 담배 피우니?"

"언니! 그게 벌써 언제 적 일인데 그런 건 좀 잊어주면 안 될까? 휴우! 엄니 땜에 못 살겠어."

"너네 엄니, 아니면 풍자 씨."

"우리 어머님 때문에 그러지. 엄마야 뭐 금쪽같은 아들들이 어련히 알아서 잘 모실까. 출가외인 내가 왜? 그건 그렇고. 언닌 왜 아까부터 풍자 씨, 풍자 씨 그래?"

"빨리 내려와! 빨리, 빨리!"

풍자 씨가 다급하게 우조를 불러댄다.

"야, 끊어!"

우조가 뛰다시피 계단을 내려온다. 풍자 씨가 겁에 질린 채 현관에 나와 있다.

"얘, 큰일 났어. 난리가 났는 가벼. 텔레비전에서도 난리 났다고 난리고, 지붕에서 탱크 지나가는 소리가 막 들렸어."

졸졸 따라다니는 풍자 씨에게 따뜻한 물을 들려주고 우조는 티브이를 본다. 티브이에서는 코로나 방역 이야기만 할 뿐 긴급 뉴스를 알리는 자막 같은 건 없다. 그래도 혹시 몰라서 휴대폰으로 뉴스를 검색해보지만 역시 코로나 얘기뿐 다른 건 없다.

그렇지만 무엇에 놀랐는지 풍자 씨가 벌벌 떨고 있어서 우조는 풍자 씨 곁에 있어 주기로 한다.

물을 다 마신 풍자 씨는 빈 컵을 쥐고 침대에 앉아서 이야기를 꺼낸다.

"육이오 때, 나는 인천 고모네 집이서 살구 있었단다."

또 시작이다. 골백번도 더 들어 이젠 첫머리만 들어도 어디에서 끝날지, 다 아는 육이오 때 겪은 이야기. 우조는 귀를 틀어막는다. 풍자 씨는 벽을 바라보며 이야기를 하고, 우조는 휴대폰을 보고, 티브이에서는 코로나 상황에 대해 방영 중이다.

"엄마!"

"할머니!"

우영이 아들을 대동하고 들이닥쳤다. 얼마나 급히 왔는지 둘 다 실내복 차림이다.

"어이 와라. 지금 그렇잖아두 사변 때 얘기를 막 해주려던 참이었……."

"엄마!"

우영이 버럭 소리를 질렀다.

"아까는 증말루 난리가 났단 말여, 알지두 못하구 지랄덜이네."

"근데? 지금은요? 지금은 휴전 중이야?"

"아니, 해방됐대."

우영의 말에 우조가 대꾸해줬다.

"해방? 통일이 아니고 해방?"

"시끄러! 그만 느집으루덜 가. 나 피곤해서 한숨 잘 텨."

풍자 씨가 침대 속으로 들어갔고 우조는 애들을 몰고 거실로 나온다.

우영의 아들이 담배를 피우려고 그러는지 밖으로 나갔는데, 옥상에서 무슨 바퀴 굴러가는 소리가 덜그럭덜그럭 나고, 풍자 씨가 소리 질러서 우조는 방으로 뛰어 들어갔다.

"저 봐, 탱크 소리 나잖어."

우조와 우영이 옥상으로 올라갔다. 누름돌이 눈에 잡힌다.

"이거였네, 탱크가."

우조가 말했다. 우영은 아직도 이해를 못 하겠다는 표정을 짓고 있다.

"아까 내가 운동 삼아서 밟고 굴리고 그랬었거든."

"그렇다고 이걸 탱크 소리로 착각하는 건 좀 심하지, 정상이 아니라고 봐, 난. 그건 그렇고 언닌 왜 아까 풍자 씨라고 그랬어?"

"엄마가 그렇게 불러 달래."

"진짜?"

우조가 고개를 끄덕이자, 우영이 방에 대고 소리 지른다.

"풍자 씨!"

"왜, 왜 불러!"

"자?"

"안 잔다, 왜!"

우영이 심각하다는 듯이 고개를 흔든다.

니주가리 씨빠빠

"가재 잡으러 갈래요?"

"가재? 어디루?"

우조의 말에 풍자 씨가 혹하고 되물었다.

"원수굴."

"그 골짜구니는 산지사 모시는 덴데……."

"이 동네 아직도 산제사 지내나 보네. 우리 아버지가 제관이었는데……정말 정성껏 모셨는데. 그래 요즘엔 누가 제관이야?"

"해마다 다르지. 띠를 짚어봐서 그해에 맞는 띠를 뽑어서 지내니까는."

"여자도 있어?"

"별 망측한 소릴 다 들어. 지관을 여자로 세우다니. 행여, 남덜 듣는 데 그런 소리하지 말어. 괜히 헛배웠다구 숭 봐."

"신라 시대 때에도 진덕여왕 선덕여왕이 있었어요."

"자고로, 하늘은 하늘이고 땅은 땅이여. 남자는 하늘, 여자는 땅이다, 이 말이여."

"가재나 잡으러 갑시다. 산제사 지내는 데는 계곡에서 한참 떨어져 있는데 뭐."

풍자 씨가 한숨을 쉰다.

"왜? 또 뭐가 걸려?"

"걸리긴, 괜히 이렇게 한숨이 나올 적이 있어."

우조는 그 '괜히' 라는 말이 이상하게 걸린다.

풍자 씨의 안전에 각별히 유의해야겠다고 생각하면서 기분을 띄운다.

"가재를 잡다니, 이게 도대체 몇 년 만이야?"

"김칫국 그만 마셔. 그래구 보니 거기 가재가 읎는지, 통 가재 잡었대는 사람 못 봤어."

"그래요? 그럼 묵은 가재가 바글거리겠네. 한 시간만 훑어도 바케스로 하나 잡을 수도 있겠는 걸?"

"구라 치지 말어. 좌우지간 넌 글쟁인가 뭔가 되고 나서, 말이고 행동이고 허풍이 심해졌어. 봉이 김선달처럼 원수굴 계곡물 퍼다가 약수 장사 한다구 나서지 않는 것이 다행인지 몰러."

"한 바케스는 심했고, 한 사발은 나올 테지."

우조는 자기 말에 확신을 하듯이 고개를 끄덕인다. 가재를 잡던 그 손맛을 느끼고 싶다.

풍자 씨가 냉장고를 뒤져가며 이것저것 챙겨서 배낭에 넣는다.

"넘겨다보니 절터더라고, 가보나 마나여. 가재 읎어. 골프장 잔디에 농약을 울마나 많이 주는데, 씨가 말렀을지도 몰러."

"우리 점심 내기할래요?"

"그려, 해봐 어디."

우조는 설명에 들어간다.

"엄마가 이기면 읍내 나가서 외식하고, 내가 이기면 엄마가 나한테 삼만 원 주기. 어때?"

풍자 씨는 의미심장한 눈빛을 하고 가만히 있다. 우조의 말을 복기해가며 득실을 따지고 있는 눈치이다.

"한 시간만 잡기로 하고, 스무 마리 나오면 내가 승. 씨가 말랐으면 엄마 승. 열 마리 이하로 나오면 무승부. 어때?"

"니가 이기문 즘심은, 즘심은 집이서 먹구?"

"당연하지. 난 세상에서 제일 하기 싫고 귀찮은 일이 운전이라니까요. 누가 나에게, 너 밭 맬래, 운전할래, 물어보면 밭 맨다고 할 거라니까."

"나는 만약에 다시 젊어진다면, 너 운전 배우는 게 좋니, 서방 해가는 게 좋니, 그럼 운전 배운다구 하겠다."

풍자 씨는 말을 해놓고도 이건 아니다 싶었는지, 겸연쩍게 웃는다.

"맛집 가는 게 좋은 게 아니라, 할배들 눈요기하는 게 좋은가 보네? 알았어, 엄마보다 나이 적은 할배들 많이 있는 양로원 어디 없나, 알아볼게."

우조는 풍자 씨의 반격을 피해 도망치듯이 주방으로 들어가 주전자를 들고 나온다.

"아이구, 그건 안 돼. 가재 잡으러 간다구 광고할 판이여? 비닐 봉투루다 바꿔."

"비닐봉지는 찢어져서 안 돼. 예전에도 가재 잡으러 갈 때는 필수품목으로 주전자부터 챙겼잖아요."

우조는 주전자를 들고, 풍자 씨는 지팡이를 짚고 집을 나섰다.

"끄응……."

덩치가 송아지만 한 검은 개가 개집에서 기어 나온다. 걸음을 옮길 때마다 목줄로 연결된 굵은 쇠사슬이 철걱 소리를 낸다. 우조는 어려서는 개와 친구 삼아 놀았었지만, 다 커서 개에게 물린 이후부터 개가 무섭다. 조심조심 우조가 그 앞을 지나는데 개가 달려든다.

"엄마아……!"

우조는 풍자 씨를 끌어안는다. 그 무게를 못 이겨, 풍자 씨가 휘청거리면서 우조를 붙들었다.

"이 씨부랄눔이……!"

풍자 씨가 지팡이를 휘두르며 노발대발하고, 개는 송곳니까지 보이도록 입술을 까뒤집고 사납게 짖는다.

"우리가 뭘 우쨌다구 지랄여, 이 고샅을 니가 샀어?"

풍자 씨가 지팡이로 으름장을 놓았다.

마루문이 열린다. 우조 또래쯤 되어 보이는 여자가 나오며 조용히 하라는 뜻으로 "쉬!" 한다. 개는 꼬리를 흔들며 여자에게 다가간다. 여자가 "들어가!"라고 하자, 개는 우조 쪽으로 돌아서더니, 경고하듯이 커겅! 짖고는 제집으로 들어간다.

여자는 풍자 씨에게 인사를 하는 둥 마는 둥 하고는 칼칼한 어투로 힐문하듯이 우조에게 지껄인다.

"마스크를 해야지유."

우조는 고개를 숙이며 얼결에 팔꿈치로 코와 입을 틀어막는다. 코로나가 감염병이니 공공장소에서도 마스크를 써야 한다고 해서, 줄 서서 마스크를 준비해 두긴 했다. 그러나 아직 습관이 되지 않은 데다가, 이곳은 고향 동네이니 괜찮겠지, 했던 것이다.

여자는 때에 절고 보풀이 인 마스크를 고쳐 쓰면서 또 지껄인다.

"동네 주민도 아니고, 타 동네에서 왔으면서."

여자는 오금을 박듯이 해부치고는 뒤란으로 가버린다.

타 동네라니, 우조는 어이가 없다.

어디서 굴러먹다 들어온 말 뼉다구 같은 것이……. 나로 말할 것 같으면 이 동네에서 낳고 자란 본토박이란 말이다. 원수산의 정기를 받고 잉태하여 낳은 장본인, 장풍자 여사가 지금 여기 있단 말이다. 우조는 속이 부글거린다.

우조는 여자가 들으라는 듯이 풍자 씨에게 묻는다.

"엄마, 저 여자는 누구야?"

풍자 씨는 더 큰 소리로 말한다.

"누구긴 누구여, 니주가리 씨빠빠 안 식구지."

모녀는 마주 보고 은밀하게 웃음을 교환한다.

"올해의 내 신념은 '더블 기브앤 테이크'로 정했습니다. 뭐든 두 배로 갚기로 한 겁니다. 그러니까 누가 나에게 한 개 주면 두 개 주기로, 한 대 때리면 두 대 때리기로."

이렇게 말한 게 지난해 첫 강의 시간에 한 우조의 농담이었다. 우조는 조치원에 내려와서 힘들었지만 그 수업을 맡으면서 학습자들을 만나서 적잖은 도움을 받았다. 그러다가 코로나로 인해 강의가 전면 중단되어버린 터에, 막내 동생의 연락을 받았다. 풍자 씨가 집에서 귀신이 보인다며 밤이면 이불을 들고 이웃집으로 동냥 잠을 자러 다닌다고 해서 우조는 짐을 싸들고 내려온 것이다.

풍자 씨가 니주가리 씨빠빠네 담벼락에 기대어 앉는다. 우조도 그 옆에 앉는다. 풍자 씨는 마스크를 꺼내어 우조에게 내민다. 우조는 그걸 받아서 얼굴을 덮듯이 뒤집어쓴다.

"어쩌다 이 동네 인심이 이렇게 변했을까……!"

우조는 한숨이 저절로 나온다.

우조 네는 농사도 남만큼 지었으며 아버지가 돈을 벌러 외지로 나가는 일이 많았다. 여러 가지로 풍족한 데다 집에 가장이 없어서, 겨울이면 마실 꾼들이 진을 치고 앉아 화투를 쳤다. 고구마와 동치미를 내놓았으며, 여러 사람이 변소에 드나드는 바람에 방이 금방 식어서 밤중에 군불을 한 번 더 지피는 등 인심이 후해서 풍자 씨는 동네 사람들과 친척 그 이상으로 사이좋게 지냈었다.

"씨부랄누무 시상이여, 퉤!"

풍자 씨가 우조의 눈치를 살피면서 지나가는 말처럼 슬며시 제안한다.

"니주가리 씨빠빠 얘기나 한번 글루 써보지 그래여?"

"서당 개 삼 년이면 풍월을 읊는다더니만…… 웃겨, 클클……."

우조는 자꾸만 웃음이 나온다.

니주가리 씨빠빠는 뒤통수에 부스럼이 났던 자리인지, 탈모가 되었는지 하여간 땜통 자국이 있었고, 눈은 황소처럼 큰 게 흰자위가 유독 많아서 마주 보고 있으면 이게 사람인지 짐승인지 헛갈리는 모양을 하고 있었다.

그는 누룽지라든가 볶은 콩, 하다못해 날고구마라도 들고 다니며 먹었다. 늘 배가 축구처럼 빵빵해서 '뽈'이라고 불렀다. 동네에서 축구공을 '뽈'이라고 했기 때문에 그렇게 부른 거였다. 뽈은 배를 채 여미지 못하고 맨살을 드러내는 때가 많았는데 그것은 배가 불러서 보다는, 품이 좁은 옷을 입은 탓이 더 컸던 것 같다.

형과는 연년생이고 밑으로 동생과는 터울이 많기 때문에 형에게 물려받은 옷은 그 애의 선에서 끝장을 보는 모양이었다. 품이 좁아 명치끝에서부터 벌어졌으며 소매 기장도 짧아서 팔꿈치쯤에 닿았다. 바지도 사정은 비슷해서 칠부 옷을 입은 것처럼 기장이 종아리 밑에서 끝났으며 벨트 대신 허리띠를 맸는데, 그 허리띠는 또 터무니없이 길어서 무릎에 닿았다.

게다가 웃옷의 단추는 까만색, 밤색, 흰색의 각기 다른 색과 모양으로 아주 컬러풀하게 달고 다녔다. 작거나 구멍 난 검정 고무신을 신고 다녔다. 몸이 정상인데 걸음걸이는 절름발이처럼 되똑되똑 걸었다. 나이가 더 어린 애들도 마음 놓고 '뽈'이라고 부르거나 자기 형이 뽈과 동년배일 경우에만 '뽈 형'이라고 불러줬다.

뽈은 사춘기를 지나 목소리에 변성이 오고 턱에 수염이 돋을 때부터 시나브로 배가 옆으로 퍼지면서 옆구리 살이 두툼해졌고 가슴팍도 튼실하게 변했다. 올챙이가 개구리가 되면서 꼬리가 퇴화 되고 대신 사지가 형성되는 이치와 비슷했다. 하여간 뽈은 그때부터 주전부리를 들고 다니지 않았다. 대신 뽈에게는 새로운 주특기가 하나 생겼는데 그것은 주먹 감자 먹이기였다. 자기에게 눈곱만큼이라도 해를 입힌다 싶으면 그 대상이 누구든 간에 주먹 감자를 먹였다. 자기를 보고 짖는 개에게도, 갑자기 가위질을 해서 놀라게 한 엿장수에게도, 비행기가 소리를 내며 꼬리에 연기 같은 걸 품으며 날면 여지없이 주먹 감자를 먹였다.

또래들이 한데 모여 여름에는 천렵을 하고 겨울이면 윷놀이도 하고 화투도

쳤지만 뽈은 그 자리에 끼지 못했다. 뽈의 할머니는, 먹을 걸 손에서 놓으니 허전하고 정신적으로 헛헛해서 뻘 짓을 하는 것이라고 뽈의 역성을 들었다.

뽈은 칠 형제로 식구 중에 여자라고는 할머니밖에 없다. 뽈의 어머니는 여덟 번째 아이를 낳다가 진자리에서 아이를 사산하고 그 후유증으로 그녀도 명을 달리했다.

가방끈이 짧은 뽈은 일명 '똥방위'로 병역의 의무를 때운 후, 여색을 탐하며 질척거리는 밤거리를 휘젓고 다녔다. 장터의 술집 작부는 한 번씩 다 맛을 본다는 소문을 시작으로, 선데이 서울에나 나올 법한 해괴한 소문을 다 달고 다녔다. 소문이 사실로 드러나는 사건이 터졌다. 인근의 외딴집에 사는 노파를 겁탈해서 관할 파출소에 불려 다녔다. 그 노파의 동네 청년들이 지게 작대기를 들고 몰려와서 뽈을 흠씬 두들겨 패고 짓뭉개면서 떠들어댔다.

"그 할머니는 니 엄마뻘이여. 니 엄마를 그렇게 해줄까?"

"그건 니 엄마하고 씹하는 거나 마찬가지여."

"이 니주가리 씨빠빠 새끼야."

그때부터 뽈은 니주가리 씨빠빠가 되었다.

흰 개의 경고

이 동네 이름은 유정리이다.

유정리의 최고봉은 원수산이고 그 산 밑에 팔십여 호의 집들이 모여 있다. 고샅을 중심으로 하여 웃땀, 아랫땀, 양지땀, 음지땀이 있다.

예전에는 양지땀과 웃땀, 음지땀, 아랫땀 이렇게 우물이 있고 그 옆으로 흐르는 개울이 있었다. 그러다보니 각 땀과의 친소관계가 좀 폐쇄적인 면이 있었다.

우조는 음지땀에 산다. 어쩌다 양지땀에 발을 들여놓게 되면 타동네에 온 기분이었다. 그러다가 학교에 들어가면서부터 양지땀 애들과도 가까이 지내게 되었고 심정적으로도 그렇고 동네에서의 활동의 반경이 넓혀지긴 했다.

음지땀이 끝나고 지금부터는 웃땀이다.

길이 경사져서 풍자 씨의 굽은 허리는 점점 더 구부러지고 숨소리도 거칠어진다.

"아이구!"

풍자 씨가 허리를 펴다 말고, 지팡이로 한곳을 가리킨다. 거기 한 그루의 꽃나무가 있다.

“아이구 이뻐라……!”

풍자 씨가 꽃나무 쪽으로 가고 우조도 풍자 씨를 따라가서 꽃나무를 올려다본다.

박태기나무다. 이 나무를 처음 접했을 때 우조는 두 번 놀랐던 기억이 있다. 잎도 없이 나무 전체에 홍자색 꽃잎만으로 이뤄진 한 그루의 부케에 놀랐고 그 나무의 이름이 박태기나무라는 데에 놀랐다. 새로 돋는 꽃은 구슬을 닮았고 좀 핀 꽃은 밥풀을 닮았는데, 이름이 박태기라고 해서 우조는 그 나무가 단박에 좋아졌다. 사월이 되면 박태기나무를 보러 가야지 했었다.

박태기나무 옆에는 엄나무와 꾸지뽕나무가 있고, 그 옆으로는 묵은 뿌리에서 눈개승마와 어수리 싹이 돋고 있다. 모두가 이 동네에는 없던 약초들이다.

예전에 이 집 뒤란에는 해묵은 감나무가 세 그루나 있었다. 감꽃이 피는 계절이 되면 우조는 바람 부는 날을 택해, 종다리를 들고 친구들과 감꽃을 주우러 왔었다. 길에 떨어진 감꽃은 사람들의 발길에 뭉개졌지만, 담에서 냇물로 이어지는 울타리 바깥쪽 개나리 위로 떨어지는 감꽃은 아주 정결했다. 소복하게 쌓여 있는 감꽃을 한 줌씩 거둬서 입으로 가져가면 푸르고 상큼한 향기가 입안에 퍼졌고 비릿하면서 달큼한 꽃물이 고였다. 양손에 감꽃을 주워들고 친구들과 마주보고 흐흐 웃었다. 정신없이 감꽃을 줍다 보면 친구의 머리에 흡사 미사포를 쓴 듯 순정한 감꽃이 내려앉아 있었다. 바람이 우우 몰려오면 감꽃이 희롱하듯이 나비처럼 나풀거렸고, 입을 벌리고 하늘을 바라보면 입안에 감꽃이 떨어지는 행운을 맛보기도 했다. 꽃이 진 자리마다 감이 맺히고, 무더위와 소나기가 감을 숙성시킬 동안 우조네 들은 잠시 감을 잊고 지냈다. 감이 익을 무렵이 되면 문득, 감이 떠올라서 양지땀으로 갔다. 가을볕을 받아 반짝 반짝 빛나는 주홍의 감들은 등불을 매단 것 같기도 했고 거대한 주홍꽃나무 같기도 해서 발걸음 한 보람을 안겨주었다. 놓고 온 보따리를 찾듯 주변을 뒤져보노라면 "이거 찾나요?" 하는 듯이 감나무는 툭 하고 익은 감을 한 개 떨어뜨려 주었다. 농익은 홍시를 주워들고 핥아먹으면 감꽃의 비릿한 맛은 휘발되고 단맛만 혀에 감겼다.

걸탐을 하는 게 보기 싫다며, 감나무를 구해다 심어보았지만 음지땀에는 지금까지 감나무를 키워낸 집이 없다.

우조의 어린 시절을 달콤하게 해주었던 세 그루의 감나무가 있던 이 집은 지금으로부터 한 십여 년 전에 이사 가고 서울 사람이 이사를 왔다. 추억의 감나무도 늙어서 고사목이 되었는지, 아니면 새 주인의 취향이 아니었던지 감나무는 자취도 없이 사라져 버렸다.

웃담 끝집에 닿았다.

이 집은 가을이면 시루떡을 한 가마씩 해서 한집도 빼놓지 않고 나눠 주는 등 인심이 아주 후했으며 인품 또한 훌륭했다. 그러나 그의 아들 대에 와서는 땅 부자일 뿐, 경외심이랄까 뭐 그런 지위는 획득하지 못하지 않았나, 하고 우조는 생각한다.

그건 그렇고, 이 집에도 몸집이 크고 퉁퉁한 개가 한 마리 묶여있다. 순하게 생기긴 했지만, 워낙 덩치가 커서 우조는 지레 오금이 저린다.

"쫄 거 움써. 저 집 개는 순해서 누가 지나가거나 말거나 신경두 안 써."

말은 그렇게 말하면서도 풍자 씨는 개를 구슬린다.

"워~리, 워리!"

우조도 오래된 그 이름을 마음속으로 불러본다.

워리!

예전에 집에서도 늘 개를 키웠는데 이름을 죄다 워리라고 지었었다. 워리들은 대체로 순하고 잘생겼으며 우조를 무척 따랐었다. 우조는 들로 산으로 헤집고 돌아다녔는데 그때마다 엄마워리 새끼워리들이 따라붙어서 함께 뒹굴었다. 봄이면 창꽃을 따먹고 찔레를 꺾어먹고 삐삐를 뽑아먹으며 진종일 쏘다니다가, 옷을 버렸다고 곰탱이 고모에게 꼬집히곤 했다.

고모는 인간 땡삐고 왕탱이였다. 창꽃은 진달래이고, 왕탱이는 장수벌이라는 걸 글로 배울 때쯤이었을 것이다. 얼굴에 마마 자국이 살짝 있는 데다가 덩치가 코끼리만 하고 하는 짓이 미련 맞아서 곰탱이라고 불리던 고모는 살을 빼고 얼굴에 돈을 바르며 의학의 힘을 좀 빌리더니 말 그대로 환골탈태했다.

고모는 야심차게 인생 이모작을 해보겠다는 포부를 가졌다. 윤정희 남정임 문희의 미인 트로이카가 전성기를 구가하던 시절에 곰탱이 고모도 배우가 되어보겠다고 무슨 학원인가에 다니다가, 양가집 도련님을 만나 결혼에 성공했다. 시댁은 대 저택이었고, 담 옆구리에 스르륵 하고 위로 올라가는 문이 한 개 더 있었다. 평소에는 담처럼 굳게 내려져 있던 그 철판이 자기네 차가 오면 스르륵 하고 올라간다고 했다. 우리네 하고는 완전 딴판이긴 한데 다행인 것은 그 집에도 워리가 살더라고, 그것도 두 마리나, 라고 그 집에 다녀온 소감을 풍자 씨는 두고두고 생중계 하듯이 설명해 주었다.

좋은 남자를 만나서 그런지, 고모는 옛날의 그 곰탱이 때를 완전히 벗어 버리고 수영을 한다, 골프를 친다 하면서 티브이에 가끔씩 나오는 배우나 가수들과 어울려 다니며 나름 폼 나게 살다가, 고모부의 사업이 망해서 지금은 연립주택에서 난방비 걱정을 하면서 지극히 서민적으로 살아가고 있다.

끝 집 뒤란 쪽 담장에 황매화가 환하다. 손을 대지 않은 지 오래되어 퇴락해 가는, 시늉뿐인 담장을 넘어 울 밖은 물론이고 그 아래 채마 밭까지 황매화가 무성하다.

원수굴이다.

전해오는 말에 의하면 옛날 옛적에 전쟁이 났을 때, 장군이 이 산에 머물렀다고 그래서 원수굴이라고 부른다고 한다.

원수굴 계곡 위쪽에는 맛난 약수가 있어서 해빙기가 지나고 산에 진달래가 피는 계절이 되면 우조는 주전자를 들고 친구들과 함께 약수를 뜨러 오곤 했었다.

개울을 사이에 두고 이쪽은 웃땀, 건너는 양지땀이다. 양지 땀 끝집 위쪽으로 서른 걸음 정도 올라가면 맷방석만한 화강암이 한 개 있다. 유정리에는 아주 오래전부터 정월 초하룻날에 대동이 모여서, 그 바위에 통돼지를 올려놓고 산제사를 지내왔다. 신년 사주를 맞춰보고 부정 타지 않은 사람을 제주로 뽑았는데, 우조의 아버지가 자주 뽑혔고, 삼제가 들거나 해서 제주의 일을 하지 못할 경우에는 찬조금으로라도 참여했었다. 아버지는 원래 이 고장 사람이 아닌, 타성바지인 데다가, 집을 자주 비워서 이웃의 도움을 받기 때문에 그런 식으로 동네에 보답을 해왔다. 아버지가 병환을 얻어 그 일에서 손을 뗄 시점이 되자, 자연스럽게 그 역할을 아들인 문기가 물려받았다. 직장과 집이 읍내에 있는 관계로 마을 사람들과도 끈끈하게 연결이 되어 있으며 자신이 태어난 집에 노모가 살고 있어서 마을을 위해 봉사해오고 있다. 아직 젊어서 제주 노릇은 하지 않지만, 제문을 쓰고 후원금도 내는 등 도울 일이 많이 있을 터였다.

그런 성소였는데, 그 근처에 턱 하니 교회가 세워졌다. 지은 지는 한 이십 년 되어 가나, 그렇다. 우조가 그 교회 건물을 처음 보았을 때, 마치 모내기를 하려고 써레질을 해놓은 무논에 난데없이 바윗돌이 하나 굴러들어온 듯한 거부감이 일었다. 지금도 여전히 그 느낌은 희석되지 않고 있다.

"저 교회 목사도 산 제사에 참석해요?"

"몰러."

"대동의 일인데, 축하비 명목으로 금일봉 정도는 내야 하는 거 아닐까?"

"글쎄, 난 몰러. 그런 소리 들은 적 움써……."

오른쪽에 계곡을 끼고 올라간다.

산이 좀 가팔라서 풍자 씨가 헐떡댄다. 우조가 풍자 씨의 엉덩이를 민다.

한참을 올라오니 두어 사람이 앉을 만한 나무 의자가 있다.

"아이구 다리꼬뱅이야."

풍자 씨가 배낭을 벗어서 베고 거기 눕는다.

우조가 풍자 씨의 다리를 밀며 그 옆에 앉아서 다리를 주물러드린다. 풍자 씨는 팔을 이마에 얹고 눈을 감더니 입까지 벌린다. 우조가 그 입을 손으로 닫아준다.

"벌레 들어가, 입 다물어."

풍자 씨가 의식적으로 입을 꼭 다문다.

"옛날에 밭 매다가 내가 목마르다고 하문, 니가 내 고무신 들구 가서 물 떠다 줬는데. 그때 그 물맛이 꿀맛이었는데."

우조는 주전자를 들고 계곡 쪽으로 내려가서 약수터를 찾아본다. 몇 해 전인가, 큰 장마가 져서 커다란 바위가 고살으로 굴러 내렸다더니, 산세가 많이 변했다. 계곡 옆에, 바위가 있고 그 바위 밑에 약수가 있었는데, 그 바위를 못 찾겠다. 약수를 못 찾으면 계곡물이라도 떠다 드려야 하나 어쩌나 하면서 계곡을 올라갔다, 내려갔다 했다.

있다, 약수터가!

바닥은 온통 이끼로 덮여있다. 이끼가 하도 무성해서 식물 같지가 않고 무슨 생물 같다. 맨살에 닿으면 물어버릴 것처럼 징그러운 느낌이 든다. 그 바위 속에서 어린애의 오줌 줄기처럼 가느다랗게 물이 흐르고 있다. 물을 받아서 먹어본다. 물맛이 아주 좋다. 주전자에 물을 담아 들고 비탈길을 올라간다.

"아이구 반가워라. 그 물이여, 먹어보니 대번 알겠는데 뭘. 날씨도 끝내주고 큰딸하구 산보 나오니까 좋오타!"

우조는 계곡으로 다시 내려간다.

태곳적 그대로인 듯, 케케묵은 낙엽이 개울을 덮고 있다. 가랑잎을 거둬내고 살펴본다. 가재가 있는 물에는 가재 밥이라고 하는 잔 생물이 있는데 아무것도 움직이는 게 없고 사람들이 돌을 들췄던 흔적도 없다.

"있니?"

풍자 씨가 물었지만 우조는 대답하지 않고 열심히 돌을 들춰본다. 한 마리라도 잡아 보고 싶지만 없다. 손이 시려서 그만 접기로 하고 올라간다.

"헛탕 쳤나부네? 베르던 지사에 물도 못 떠 놓는 대더니만…… 가재가 음쓰니, 이제 우트게 헬 거여?"

"없으면 그만이지, 뭘 어떻게 해?"

"니가 지면 외식하러 가기루 했잖어?"

우조는 대답을 하지 않는다.

풍자 씨가 허리에 찬 전대의 지퍼를 열고 오만 원을 의자에 놓는다.

"낙지볶음 먹으러 가자."

"오늘은 집에서 먹고 내일 나갑시다."

우조는 돈을 풍자 씨의 전대에 도로 집어넣는다.

"아이구 허리 다리꼬뱅이야."

비탈길을 다 내려온 풍자 씨가 황매화울타리 옆에 주저앉고, 우조는 논다랑이 쪽으로 걸음을 옮겼다. 혹시 돌미나리나 씀바귀가 있을까 싶어서 찾아보지만, 눈에 띄지 않는다.

"이제 그만 가지? 대간하구만."

"뭘 했다고 대간해?"

"비탈길 내려 오느라구 다리가 울마나 떨렸는지 알어? 그래구 누워만 있는 것두 일이여, 너두 늙어봐."

"나도 충분히 늙었거든요? 가만, 저게 뭐지?"

논둑에 초록 잎이 보인다. 가까이 가서 풀을 거둬내니, 머위가 묵은 풀잎을 뒤집어쓰고 올라오는 중이다. 머위는 풍자 씨가 좋아하는 반찬이다. 그러나 남의 논둑에 있는 첫물 머위에 손을 대는 게 좀 주저된다. 우조가 손나팔을 만들어 풍자 씨를 향해 조심스럽게 소리친다.

"엄마! 이 머위 뜯어도 돼요?"

"머우? 머우가 발써 났어? 뜯어두 되지 그럼. 그까짓 풀잎사구……."

우조는 머위를 뜯는다.

다리를 주무르고 있던 풍자 씨가 둔덕에 등을 대고 눕는다. 우조는 부지런히 머위를 뜯어 담는다.

풍자 씨가 노래를 부른다.

"봄이 왔네, 봄이 와, 숫처녀에 가슴에도……."

컹!

등 뒤에 흰 개 한 마리가 서 있다. 우조는 머리가 쭈뼛 서고 소름이 돋는다.

'오늘은 일진이 사나운 날인가, 웬 개들이 이렇게 시비를 건담?'

흙덩이라도 던져서 쫓아버리려고 주위를 둘러보는데, 인기척이 들린다.

"뜯지 말어유!"

사람은 보이지 않고 목소리만 들린다.

우조는 성큼성큼 발걸음을 옮겨 풍자 씨 쪽으로 간다.

"지랄하구 자빠졌네 미친 눔. 지 큰형하구 동창인데 어따 대구 뜯지 말래여."

"내가 누군지 잘 몰라서 그러겠지, 모자에 마스크까지 썼으니까."

"나 있잖어, 나! 니가 내 딸인걸 모른단 말여? 그깟 머우, 아직 철이 일러 그렇지. 우리 집 두껕에 나는 것두 다 못다 먹어. 사람이 늙으니까 별것덜이 다 읍신 여기구 지랄덜이여, 니미 씨부랄 아니꺼워서 원, 퉤!"

컹!

아까 그 개다. 풍자 씨를 바라보며 이빨을 드러낸다. 풍자 씨는 지팡이를 쥔 손에 힘만 줄 뿐 그걸 들어 어떻게 해볼 염을 내지 못한다. 개는 사납게 짖어 대는데 개 주인은 나타나지 않는다. 우조는 발이 땅에 들러붙은 듯 꼼짝할 수가 없다. 범죄 신고는 112, 구급신고는 119, 간첩신고는 111, 머릿속에 저장된 응급전화번호가 한 호흡에 달려 나오지만 어떻게 해야 할지 겁만 난다. 도와줘요! 소리치고 싶지만, 저놈의 개가 먼저 달려들 것 같다. 개가 어서 꺼져주기만을 바라고 있는데, 개도 우조 모녀가 꺼져주기를 바라는지 네 발로 버티고 엎드려, 혓바닥으로 제 주둥이를 핥고 있다.

우조가 머위 담은 주전자를 개의 반대 방향으로 휙 집어던진다. 개가 거의 반사적으로 몸을 날리고 주전자 뚜껑이 열린다. 그게 풀잎이라는 걸 알아차린 개가 우조를 쳐다본다. 후환이 두렵다. 우조는 눈을 질끈 감는다.

"워~리~!"

눈을 떠보니, 풍자 씨가 북어채를 들고 까딱거린다. 개가 그쪽을 쳐다보자 풍자 씨가 북어 채를 던진다. 비호처럼 날아서 그걸 문 개가 캑캑거린다. 개는 고개를 땅으로 떨어뜨리고 침까지 질질 흘리며 컥컥거리고 있다.

우조는 북어채를 봉투째로 개에게 던져준다. 빈 주전자를 들고 풍자 씨를 일으켜 세운다. 반쯤 일어나다가 털썩 주저앉으며 우조를 붙잡는 바람에 둘이 같이 나동그라졌다.

지팡이를 짚고 일어나 궁둥이를 터는 풍자 씨가 풀이 죽은 채 우조의 눈치를 살핀다. 사타구니가 젖어있다. 오줌을 싼 것이다.

우조의 입에서 한숨 한 오라기가 흘러나온다.

'엄마는 서서히 망가지고 있는 거였구나.'

우조는 점퍼를 벗어서 풍자 씨의 허리춤에 묶는다.

"괜찮아요, 신경 쓸 거 없어, 개 때문인데 뭐."

풍자 씨가 코를 훌쩍거리며 눈물을 훔쳐낸다.

"괜찮대두 …… 그런데 북어 채는 웬 거예요?"

"가재 잡을 때, 비린 거 물에 담가 두면 굴속에 있던 가재가 기어 나온다구덜 했어. 돼지비계 같은 거."

"아, 나도 들은 적 있어. 근데, 저 개 이름이 워리 인 줄은 어떻게 알았대?"

"그럼 뭐라구 불러, 개야 그렇게 부르나?"

"엄마 단골 레퍼토리 있잖아. 이, 씨부랄눔아! 그렇게 불러보지."

풍자 씨가 키득키득 웃는다.

막내와 왕탱이

인기척도 없었고 현관문 여는 소리도 못 들었는데, 문기가 거실 입구에 우뚝 서 있다. 양 손에는 검은 비닐 봉투가 한 개씩 들려 있다. 우조가 안방에 대고 풍자 씨를 부른다.

"나와 봐요! 엄마 애인 왔어!"

풍자 씨가 나온다. 삼동설한에 꽃 본 듯 얼굴에 환한 웃음꽃이 피어난다.

"막내구나!"

문기가 검은 비닐 봉투를 우조에게 준다. 한쪽은 뜨끈하고 한쪽은 차다.

우조는 찬 쪽의 봉투를 높이 쳐들고 풍자 씨에게 묻는다.

"이게 뭘까요?"

"미꾸라진가부네. 꿈틀거리는 걸 보니. 추어탕 먹을 적마다 막내가, 큰누나가 미꾸라지 국 좋아하는데, 그랬어.…… 니가 직접 잡었니?"

문기는 빙긋이 웃고만 있다.

"미꾸라지 아닙니다."

"장에 갔다 왔다구 했지? 그러니까…… 지금이……."

풍자 씨가 손가락을 꼽는다. 눈을 가느스름하게 뜨고 뭔가 기억해 내려고 애를 쓰고 있다.

"엄니, 지금 뭐하셔?"

문기가 묻자 풍자 씨가 힘없이 고개를 젓는다. 그러자 문기가 목소리를 낮춰서 다시 묻는다.

"지금 몇 월이에요, 방금 그거 계산하려다 생각 안 났지?"

풍자 씨가 조심스럽게 손가락을 네 개 펼친다. 문기가 안심했다는 듯이 고개를 끄덕이며 "맞아요, 지금은 4월이에요." 라고 말한다.

우조가 봉투를 열어본다.

"산낙지네……."

풍자 씨가 침을 꼴깍 삼킨다.

"나머지는 뭔가 어이 벌려봐라."

"기계떡이유."

문기가 대답 했다.

명절이 되면 동네 방앗간에서 방아를 돌렸는데, 방앗간에서 뺀 가래떡을 '기계떡'이라고 불러왔고 식구들도 입에 붙은 그 말을 그대로 사용하고 있는 것이다.

우조가 떡 한 가락을 집어서 풍자 씨에게 드리고 저도 한가락 집어서 먹는다.

"우와, 이 냄새!"

늘 먹어오던 여주 쌀 특유의 향기가 느껴진다. 우조에게 여주 쌀로 빚은 가래떡은 소울 푸드인 것이다.

"어제는 어디들 갔었어요?"

풍자 씨와 우조가 동시에 서로 마주 본다.

"큰누나 차는 바깥마당에 있는데 사람은 없고…… 휴대폰도 받지 않고…… 이장 집에 가서 방송을 해볼까 했네."

"걱정했구나. 우리 원수굴 갔었는데."

"거긴 뭐하러?"

"가재 잡으러."

"가재?"

우조가 고개를 끄덕인다.

"그래, 좀 잡았어요?"

우조가 고개를 가로젓자, 문기가 웃는다. 옆에서 풍자 씨가 손으로 낙지 봉투를 가리킨다. 어서 그걸 좀 손질해오라는 사인이다.

우조는 봉투를 들고 일어선다.

낙지는 씨알도 굵고 싱싱하다. 이 동네는 워낙 산골이라서 그나마 겨울에나 생선을 좀 먹어보고 다른 계절에는 건어물이나 젓갈류 아니면 생선은 구경도 못 했는데, 세월 참 좋아졌다, 싶다.

소금과 밀가루를 뿌려서 바락바락 주물러서 헹군다. 도마에 올려놓고 탕탕 쳐서 소금과 통깨를 뿌린다. 문기는 술을 좋아하는데 안주가 좋으니 한잔 하고 싶을지도 모른다는 생각이 든다. 잠 안 올 때 한잔 씩 하려고 와인 두 병을 챙겨 온 게 차 트렁크에 있기는 하다. 와인 잔을 찾으려다 말고, 문기는 주당이니까 소주를 더 좋아할지도 모른다는 생각이 들어서 문기를 부른다.

"재!"

문기는 대답이 없다.

낙지를 접시에 담아 들고 나와 보니 문기는 보이지 않는다. 소파에 누워 있던 풍자 씨가 눈을 부스스 뜬다.

"나 불렀니?"

"얘, 갔어요?"

"몰러."

우조는 서운한 마음을 접고 풍자 씨에게 젓가락을 쥐어 드린다.

풍자 씨도 서운한 기색을 감추지 못한다.

"갔나부네. 우리끼리 먹어야지 뭐."

낙지는 맞춤하게 간이 배어서 입에 착 감긴다.

"문기도 먹으면 좋았을 텐데, 그러고 보니 점심때가 됐네. 집으로 밥 먹으러 갔나 보네."

"걘 제 집 아니문 죽는 줄 알어. 여기는 가뭄에 콩 나드끼 들르는데 뭘……."

풍자 씨가 말끝에 한숨을 매단다. 묻지 않아도 우조는 그 심중이 짐작 간다. 문기는 자주 들르지만, 그 정도로는 풍자 씨 성에 차지 않는 것이다. 곁에 있어도 나는 네가 그립다, 라는 시구처럼 풍자 씨가 문기를 향한 그리움이 딱 그렇다.

풍자 씨가 젓가락을 놓고 한숨을 깊게 쉰다.

우조가 풍자 씨에게 젓가락을 쥐어 드린다.

"더 드셔. 낙지 좋아하잖아. 낙지볶음 먹으러 가기로 한 건 이걸로 퉁 치기, 알았지?"

"그려."

풍자 씨가 눈물을 흘린다.

신경 쓰지 않으려고 우조는 먹는 데 집중한다. 눈물 줄기가 굵어진다. 뭐가 있다 싶지만, 묻지는 않고 옆에 있는 티슈를 두 장 뽑아드린다. 풍자 씨는 그걸 받지 않겠다는 표시로 고개를 돌리고는 손으로 슥슥 눈물을 훔쳤다.

한숨을 크게 한번 내쉬고 어깨를 들었다 놓는 것으로 울음 끝을 마무리하더니 풍자 씨가 말문을 연다.

"작년에 말이다. 문기가 왕탱이럴…… 우떻던지 굼벵이처럼 통통하게 살찐 왕탱이럴……."

"잠깐!"

우조는 급하게 말허리를 자른다.

풍자 씨는 분한 일이 있거나 서러운 일을 겪고 나면 누군가를 붙잡고 그 이야기에 당신 심사를 얹어서 각색해 풀어놓는다. 원본은 절대로 훼손하지 않고 당신 마음이 어땠는지만을 덧붙이는데, 이렇게 한번 완성한 이야기는 열 번을 열 사람에게 재생하더라도 원본 그대로를 복기해내는 재주가 풍자 씨에게는 있다. 그래서 풍자 씨는 사람들에게, 변사라느니 타고난 이야기꾼이니 하는 소리를 들어왔다. 한번은 마을에 좀 큰 사건이 일어나서 읍에서 경찰이 기자를 대동하고 왔는데, 이장이 그들을 풍자 씨의 집으로 데리고 와서 녹음을 따 간 적도 있었다. 그 외에도 풍자 씨는 〈고향 뉴스〉 〈어르신 퀴즈쇼〉 같은 방송 프로에 출연한 전력이 있다.

기실, 우조의 여러 단편 속에는 풍자 씨가 전해준 이야기를 소재로 해서 쓴 것도 적지 않다. 책을 읽어본 마을 사람들은 말했다, "딸이 즈 엄마 말솜씨 못 따라가네, 즈 엄마 하는 얘기를 그대루 받아 썼이문 이거보다 훨씬 더 재미있을 텐데." 라고.

우조가 방학 때만 되면 친정에 오는 것도 풍자 씨를 돌봐드리기 위해서이

기도 하지만, 풍자 씨에게 이야기를 털러, 좀 더 전문적으로 말해서 소설의 소재를 구하러 올 적이 많았다.

지금처럼 저렇게 울음 끝을 정리하면서 한숨을 크게 내쉴 때, 대개 큰 말뭉치를 열기 십상이다. 그래서 우조는 풍자 씨의 말허리를 자른 것이다.

"우리 커피 한잔 씩 할래요?"

"네 맘대루 해여."

우조가 노트북을 가져다 부팅을 하고, 풍자 씨도 화장실에 다녀온다.

우조가 커피를 타서 잔을 들자, 풍자 씨도 잔을 들더니 우조의 잔에 부딪친다. 둘은 서로 마주 보며 기분 좋게 웃음도 나눈다.

이렇게 사는 것도 나쁘지 않겠는 걸.

하다가, 우조는 고개를 젓는다. 한시적인 건 괜찮지만 이 동네에 들어와 사는 건 여러 가지가 걸린다. '아냐, 아냐' 다시 고개를 젓는다.

풍자 씨는 커피를 다 마시고 나서도 어쩐 일인지 입을 떼지 않는다. 이야기 자락이 꼬리를 사려 말고 들어가 버렸나, 이렇게 될 줄 알았더라면 아까 그냥 듣기만 할 걸 하면서 우조는 풍자 씨의 잔에 더운물을 부어드린다. 풍자 씨가 잔을 들고 한 손으로는 잔의 밑바닥을 받친다. 잔의 온기를 느끼고 있다, 풍자 씨가 이야기를 꺼내려고 예열하는 것이다.

"작년 여름 때여, 연희가 오이지 거리를 줬어. 니 친구라서 걔가 원래 나한테 딸처럼 구는 거 너두 알잖어. 게다가 그 집은 오이 하우스를 해서 툭하문 오이 꽁다리를 한 보따리씩 갖다 대문간에 놓구 가서 우떨 땐 귀찮어 죽겠어. 그거 이집 저집 노나멕이 하는 것두 일이거던. 그런데 그땐 오이지 담그라면서 상품으루다 한 박스 제대루 갖구 왔더라구. 그래서 광에 들어가 오이지 통을 찾는데, 어디루 갔는지 안 보인단 말이지. 잘 찾어보니까, 오이지 통으루다 뭘 씌워놨지 뭐여. 그걸 벳겨 보니까, 그 밑에 뭐가 있는 줄 아니?"

풍자 씨가 물었지만 우조는 그 이야기를 받아서 워드 치기 바쁠뿐더러 이야기의 맥이 끊어질까 걱정되어서 자판에서 눈을 떼지 않는다.

"넌 아마 상상두 못할 거다, 거기 왕탱이가, 우떻던지 한 말두 넘게 들었지 뭐여. 굼벵이같이 허연 것두 있구, 날개가 막 생기기 시작한 것두 있어. 한꺼번에 벌집 두 개를 땄는지는 모르겠구, 하여간 날개 달린 눔과 그렇지 않은 눔이렇게 두 가진데. 을마나 토실토실하던지, 우떤 건 막잠 잔 누에 만 한 것두 있어. 소주를 붰나 분데, 담근 지 울마 안 되었던지, 소주가 그대루다 말갛게 있더라구."

풍자 씨는 물을 한 모금 마시고는 또 한숨을 쉰다.

"아, 그런 걸 갖구 왔으문 말여. 엄마, 나왔어유, 하구 좀 들어와 봐야 할 거 아녀? 설사 내가 집에 음썼다구 쳐 그래. 그래봤자 내가 어딜 가겠어. 경로당에 가서 화투나 치지. 미장원이나 보건소에 갈 일이 있으문 장날이나 가지 무쉿날 가니? 가더라두 한수에미 불러서 차 타구 가지 버스타구 가겠니? 그런데 글쎄 어느 절에 왕탱이 통만 갖다놓구 그걸 덮어 놨잖어. 누가 광에 들어가 훔쳐갈까버서 그랬는지, 아니문 내가 저 왔다 간 거 알문 서운해서 따질까버서 그랬는지 하여간 그래 놨더라구."

풍자 씨가 또 물을 마신다. 우조는 커피포트의 물을 풍자 씨의 잔에 부어드린다.

"오이지고 뭐고 다 집어치우고 누워있는데……내 신세가 우쩌다 이렇게 처량하게 됐나 한심하더라구. 슬슬 부아가 치밀더라구. 이렇게 누워서 속을 끓인다구 누가 알어주나, 싶어서 마음을 돌리고 경로당엘 갔지. 가다가 참, 연희를 만났는데, 엄니, 오이지 벌써 담었어유? 하고 묻잖어? 그래서, 소금이 떨어져서 메느리한테 소금 사오라구 시켰다구 둘러댔지. 그래구 설라매 경로당에 들어갔더니 누가, 그 집 막내 어제 왔다 가던데, 무슨 일 있어? 하구 묻는 거여. 빨간 날두 아닌데 농협 상무가 근무 중에 제 엄마 집에 왔으니 그렇게 물어볼 수가 있잖어? 그래서 급한 일이 있었나, 나두 안 보구 갔다구 또 둘러댔지. 내가 이래구 산다 글쎄."

풍자 씨가 또 한숨을 쉰다.

"광에 들어갈 적마다 왕탱이 술이 익었나 하구 열어보지. 지가 왔다갔다는 걸 내가 알문 미안해 할까버서 오이지 통을 벳겨 내지두 못하구설라무네, 장에 가서 오이지 통을 하나 샀어. 요즘엔 누름 판까지 달린 오이지 통이 새루 나왔더라구. 한 두어 달 지나니까, 물이 붉으스름 해지더라구. 날개가 주황색 비스름하던데, 그 날개 우러난 물인지 아니문 왕탱이 살이 소주에 우러나서 그런지 아무튼 색깔이 점점 짙어지문서 담금주가 돼 가구 있었어. 어서 익어라, 맛나게 익어라, 우리 막내 맛나게 먹게시리. 이렇게 축수하다보니 점점 왕탱이가 좋아져서 신주단지처럼 위하게 되었어."

풍자 씨가 화장실엘 다녀오고 그 사이 우조는 과일을 깎아놓고 커피도 새로 한잔 탄다.

풍자 씨가 또 깊은 한숨을 쉬더니 또 눈물 바람이다.

왕탱이 통을 누가 훔쳐갔나? 싶지만 이야기의 흐름을 끊기라도 할까봐 물어보지 않는다.

"추석 때 지 형이 왔는데두 왕탱이 술을 내놓지 않길래 말여. 한 일 년쯤 묵혔다가 개봉할 건가부네, 하구 나두 입단속을 했지. 그 후부터 왕탱이는 내년에 먹을 거니까 하고 나두 그만 신경 끊었어. 그랬다가, 갈이 되니까 말여, 오이지 통 생각이 났지 뭐여. 고추두 삭혀야 하구 깻잎두 삭혀야 하구. 갈건이 해

들인 게 좀 많어? 담글게 여간 많냐구. 경로당에 갔다 와 보문 우리 현관 돌층계에 별 걸 다 갔다 놓거던. 꺼리는 많구 손이 바쁘니까, 모두 덜 갖다 놓는 거여. 나는 부지런히 담궈서 꺼리 준 집두 주구, 경로당에두 가져가구 달래는 사람 있으믄 주구 그래거던. 아무튼 그래서 그 오이지 통이 꼭 필요했지. 안 쓰는 여름 이불루다 덮어놓구 오이지 통을 써야지 하구설라무네 이불까지 한 장 가지구 광에 갔거던?"

풍자 씨는 부아가 끓는지 과일 찍던 포크를 집어던지듯이 내려놓는다.

"그런데 시상에나, 통이 볐어, 글쎄! 운제 또 몰래 와서 술을 따러 갔능가벼, 글쎄!"

풍자 씨는 눈물을 한바탕 흘리고 우조는 풍자 씨의 등을 가만가만 두드려 드린다.

"기두 안 차서. 그때부턴 아예 넌 그런 눔이구나, 하구 왕탱이 통에 신경을 끊었어. 겨우내 그대루다 놔 두더니, 울마 전에 마저 딸어가구 인제는 밑바닥에만 쬐끔 깔려 있더라구. 지끔두 그대루 있으니 못 믿겠으문 광에 가봐라. 손두 안 대구 그대로 있으니까는."

준비한 이야기를 다 풀어낸 풍자 씨는 일어나 안방으로 들어간다.

우조는 풍자 씨의 이야기 위에 날짜를 적고 '막내와 왕탱이'라고 제목을 달아 놓는다.

이 동네에서는 말벌을 왕탱이라고 하는데 그중에서도 특히 장수말벌을 그렇게 부른다.

예전에도 한번 왕탱이 이야기를 채록한 적이 있었다.

벌집을 따기 전에 먼저 날아다니는 벌을 잡는다. 벌을 자루에 담아서 거름망이 있는 통에 담아, 통에서 벌이 날아오르지 못하게 한 다음 담금주를 부어

놓는다. 살아 있는 벌의 독이 약성이 좋은데, 벌은 죽기 전에 독을 품어내므로 산 채로 잡아 술에 담그는 게 비법이며 이를 노봉방주라고 한다고 들었다.

가재를 잡긴 잡았는데

왕탱이 주를 구경하려고 광으로 나가려는데 현관문이 열린다. 문기다.

문기가 부피가 꽤 큰 비닐봉지를 거실 바닥에 툭 던져 놓는다. 손에는 양은 냄비가 들려 있다.

"너 집에 간 거 아니었어? 근데 그건 또 뭐니?"

풍자 씨가 방에서 나온다.

"집이 간 줄 알었더니, 장에 또 갔다 왔니?"

풍자 씨가, 문기가 바닥에 던져둔 검은 비닐 봉투 쪽으로 가서 앉고, 문기가 양은 냄비를 우조에게 건넨다.

"어머, 웬 가재?"

냄비에는 여남은 마리나 되는 가재가 고물거리고 있다.

풍자 씨는 신문지를 가져다 펼쳐 놓고 봉투에 든 것을 쏟아놓는다.

"시상에나! 어디서 이 귀한 걸 꺾었니, 그래?"

엄나무 순과 고비 나물이다.

우조는 가재 냄비를 들고 풍자 씨 곁으로 가서 보여준다.

"소원 풀었네."

풍자 씨의 말에 우조는 고개를 젓는다.

"가재는 잡는 재미지, 맛은 기억도 안 나. 그거 잡으러 가는 줄 알았으면 나도 따라갔을 텐데, 아쉽다, 얘."

문기는 뒤통수를 긁는다. 거기까지는 생각 못 했거나 아니면 제 딴엔 깜짝 쇼를 보여줄 심산일 수도 있겠다 싶다. 우조는 나물을 만져본다.

"엄청 굵은 데도 연하네. 저녁엔 가재 넣고 된장찌개 하고 이거 초고추장에 찍어 먹어야겠어요. 너도 저녁 먹고 가라."

우조의 말에, 문기가 또 머리를 긁적인다.

"왜? 뭔 일이여?"

풍자 씨가 다급하게 물었다.

"핸드폰을 잃어버렸슈."

"뭐어……?"

우조는 문기의 번호를 누르고 스피커폰을 켠다. 신호는 가지만 상대방 벨소리는 들리지 않는다.

"자, 이걸 가지고 계속 전화 걸어봐. 네가 갔던 길을 계속 울리면서 가봐, 얼른."

우조는 오랜만에 문기와 함께 저녁을 먹고 싶어서 주방으로 가서 저녁 준비를 한다.

문기가 들어온다.

"찾었니?"

풍자 씨의 말에 우조도 거실로 나와 본다.

"핸드폰은 집에 있대유."

"다행이구먼. 그런데 왜 인상을 써, 집이 무신 일 생겼대니?"

문기가 머리를 긁적이면서 쉽게 말문을 열지 않는다.

"너 왜, 똥 마려운 강아지마냥 엉덩이는 빼들고 섰어?"

"개한테 물렸어유."

문기가 돌아서서 오른쪽 다리의 바지를 걷어 올려 정강이를 보인다. 정강이가 시퍼렇게 멍이 들고 피가 맺혀있다. 상처가 제법 크다.

"저를 우째여……, 울마나 아퍼 그래……."

풍자 씨는 거의 울상이다.

"뉘 집 개가 그랬어! 그 개털을 뽑어다가 태워서 상처에 붙여야 해여. 비방을 해야지, 그렇지 않으문 클라."

문기는 바지를 붙들고 엉거주춤 서 있다.

"뉘 집 개가 그랬냐니까, 왜 말을 못해여!"

문기는 여전히 입을 다물고 있고 풍자 씨가 성을 낸다.

"두꺼비 파리 잡은 것처럼 함구하구 있이문 다여? 얼렁 말 못 해여? 에미 미치는 꼴 보구 싶어서 그려!"

풍자 씨가 갑자기 눈에 쌍심지를 돋우며 우조를 쏘아본다.

"웬 가재 타령은 해가지고서는…… 운제나 니가 사단이여."

풍자 씨는 삿대질을 해대더니, 주먹을 움켜쥐고 아랫입술을 깨문 채 우조를 노려보며 식식댄다. 아주 오래 묵은 풍경이, 익숙한 풍경이 우조의 머릿속에서 재생되고 있다. 놀다가 남동생들이 다치거나 할 때마다 맏이인 우조에게 책임을 물으며 때렸다. 저승길이 코앞인데, 아직도 그 버릇을 고치지 못하고 있는 풍자 씨 때문에 우조는 두 배로 속상하다.

문기가 절뚝거리며 주방으로 가서 커피포트에 물을 붓고 끓기를 기다리고 있다.

풍자 씨가 묻는다.

"목사네 개 아녀? 그 흰둥이가 맞지?"

문기는 커피 두 잔을 타 온다. 문기가 지나온 자리에 핏방울이 떨어져 있다.

우조가 휴지를 가져다 문기 다리를 닦고 핏방울도 훔친다.

풍자 씨가 거실 바닥을 퍽 치면서 냅다 고함을 지른다.

"어떤 씨부랄 누무 개여, 그 개새끼 아가리를 찢어 놓고 말테여 내가! 재, 큰애야 앞장서라. 이장네 집이 가서 방송하문 누구네 갠 지, 나오겄지, 가자!"

"목사네 개예요."

"어제 큰애 꽁무니를 졸졸 따라 댕기더니만 그예 사달을 냈구먼……."

"병원에 가야 할 텐데…… 코로나도 무섭고, 광견병도 무섭고, 어쩜 좋니……."

문기는 대답 없이 커피잔을 들여다보며 돌리고 있다.

"예방주사는 맞혔겠지?"

"뭔 누무 예방주사. 거기 사람 들어가는 꼴을 못 봤대여. 순 돌팔이 목사인가 보던데. 걸려두 웬 그지만두 못한 작자한테 걸린 거여."

"본 적 있니?"

우조의 말에 문기가 고개를 젓는다.

문기가 주머니에서 자동차 열쇠를 꺼내어 든다.

"갈게요."

우조는 문기의 번호로 전화를 건다. 문기 처가 받는다. 현재 상황을 이야기해주고, 무슨 일 있으면 연락 달라고 당부해둔다.

우조는 인터넷을 검색해본다. 개에 물린 상처는 물에 씻지 말라는 축과 흐르는 물에 최대한 오래 씻으라는, 상반된 의견이 있다. 어떤 게 맞는 말인지 헷갈린다.

풍자 씨가 잠바를 걸치고 마스크를 쓴다.

"가자!"

"어디를요?"

"교회지 어디여! 개털을 불에 태워서, 그걸 진흙에 버무려서 상처에 발러야 된다구덜 했어."

풍자 씨가 앞장서고 우조도 자동차 열쇠를 챙겨들고 뒤를 따른다.

"조심해요, 괜히 개털 뽑다가 엄마마저 물리지 말고."

"물리문 대수니? 다 산 목숨, 아들을 살리는 게 먼저지."

이장 집 바깥마당에 차를 세우고 풍자 씨에게 설명한다.

"이장을 대동하고 가려고."

우조가 기침을 하자, 문이 열렸다.

"무슨 일로 오셨어요?"

"나야."

우조가 마스크를 벗으며 얼굴을 보여준다. 이장, 명철은 우조 친구의 동생이다.

"어, 큰 누님……, 엄니 땜에 오셨단 얘긴 들었어유. 근데 무슨 일루다……."

우조가 상황을 이야기하자, 명철은 오토바이를 꺼내어 올라탄다.

명철이 천천히 앞서 가고 우조는 그 뒤를 따른다. 명철에게 에스코트를 받는 기분이다. 명철이 교회 밑에 오토바이를 댄다. 우조가 시동을 끄고 차 문을 열려고 하는데, 어제의 그 흰개가 차 쪽으로 온다. 문을 닫는다. 개가 이빨을 드러내며 으르렁거린다. 기겁을 한 풍자 씨가 주먹으로 개를 때리는 시늉을 한다. 명철이 무슨 신호를 보내고, 개가 명철 쪽으로 몸을 돌린다. 명철이 방어 자세를 취하다가, 워커를 벗어서 개에게 던진다. 옆구리를 가격당한 개가 깨갱거리며 교회 쪽으로 튄다. 교회 쪽에서는 기척도 없다. 명철이 전화를 건다. 받지 않는 모양이다. 바로 앞집에서 나와 본다. 어제 머위 뜯지 말라던 그 목소리의 주인이다. 그는 개를 늘 풀어놔서 그러잖아도 성가셨다고, 이번에 제대로 본때를 좀 보여줘야 한다고 교회 쪽을 향해서 성토한다.

목사는 끝까지 나타나지 않는다.

개 주인 그리고 목사

문기는 병원에 가서 치료를 받았는데 한 며칠 더 병원에 나오라고 했단다.

"얘?"

풍자 씨가 우조를 불렀다. 뭔가 아쉬운 부탁을 하려는지 눈치를 보며 쉽게 입을 떼지 못하고 있다.

"개 잡으러 가자. 개털이 질이여. 그걸 뽑어야, 해."

"낮에 봐놓고도 그래요? 또 물려고 했잖아요."

"인정머리 움기는."

"갈려면 엄마 혼자 가, 나 들볶지 말고."

우조는 자기 방으로 들어가 버린다.

집안이 조용하다.

풍자 씨는 부엌 뒷문을 잘 잠갔는지, 가스 밸브도 잠갔는지 확인하라고 괜히 심부름을 시킨다. 집안의 불을 다 밝혀놓으라고 한다. 거실은 물론이고 베란다, 대문 앞, 바깥 화장실 앞까지 환하게 불을 밝혀둔다. 불이 제대로 켜져 있느냐, 전구가 나간 곳은 없느냐, 묻는 풍자 씨의 성화에 우조는 밖으로 나간다.

바깥의 등도 모두 불이 들어와 있고, 바깥마당 전봇대에 서 있는 촉수 높은 가로등이 우조네 집을 환하게 비추고 있다.

밤이 너무 밝다.

아버지가 출타 중일 때에, 젊고 예쁜 엄마와 어린 오남매만 있던 시절에 집안에 도둑이 들까 봐 불안에 떨던 그 막연한 공포와, 돌아가신 아버지를 뉘어놓고 온 집안에 불이란 불을 다 켜놓던 그 날 밤의 불안이 층위를 이루며 쌓이는 느낌이 든다.

방으로 들어와 노트북을 연다.

소리가 쌓여간다. 머릿속에서 문장이 마구 일어나고 손이 미쳐 그 문장들을 따라가지 못해, 소리가 자꾸 커진다.

머위 뜯던 손맛이 느껴지고 풋풋한 머위 향이 입안에 쌉싸름하게 고인다.

"계세요!"

누구냐, 너는. 모처럼 그 님이 납시었는데 왜 훼방을 놓고 지랄이세요!

머릿속에서 이런 말이 형성된다.

쓰던 글을 종료하고 나서 노트북을 덮는다.

더 이상 인기척이 들리지 않는다. 좀 무서워진다. 무서움 증이 심한 풍자 씨는 왜 집 지키는 개 한 마리 기르지 않을까? 덩치 큰 셰퍼드 한 마리 먹이면 든든하겠구먼. 이런 생각을 하면서 방문을 열던 우조는 기겁을 하고 뒤로 물러난다. 풍자 씨가 우조의 방문 앞에 서 있다. 검지를 입에 대고 쉿, 하면서, 묵음으로 이야기한다. 밖에 누가 왔다고.

안다고요, 나도.

"계세요!"

"누구세요?"

"개, 주인입니다."

우조가 문을 연다.

오십 대로 보이는 남자가 꾸뻑 고개를 숙인다. 우조도 맞받아 고개를 숙이며 들어오라는 식으로 현관문을 활짝 열어 놓는다. 남자는 두 손을 모으고 상체를 비굴할 정도로 숙이며 안으로 들어선다.

풍자 씨가 거실 바닥에 앉는다.

풍자 씨는 무릎관절 수술한 뒤로 소파나 침대 생활을 하며 지낸다. 삼인 용 소파가 벽에 붙어 있고 풍자 씨는 애완견처럼 그 소파에 옴팍 들어앉아 당신 손을 들여다보거나 눕거나 휴대폰을 보는 것으로 대부분의 시간을 보낸다. 이웃 사람들이 놀러 와도 좀체 바닥에 내려앉지 않는다. 그런데 풍자 씨는 지금 거실 바닥에 앉는 것이다.

개 주인이 고개를 숙이는 몸짓을 하고는 풍자 씨 옆에 앉으며, "안녕하세요?"라고 들릴락 말락 하게 인사한다.

"우리는 시방 안녕하지 못 하네유, 알고 오셨겠지만."

"죄송합니다. 정말, 죄송합니다."

개 주인은 풍자 씨와 우조에게 번갈아 고개를 숙인다.

"커피 드시겠어요?"

"아, 네."

우조는 커피를 타서 개 주인에게 내밀고 자신도 한잔 들고 입을 연다.

"실례지만 목사님이세요?"

"네."

특수 직업을 가진 사람들은 대개 그 직업이 가진 '전형'이 있게 마련인데 목사가 목사 같지 않다고 우조는 생각한다.

"개에 물린 사람은 어떻게 되었나요, 병원엔 가셨나요?"

"가긴 갔어요, 만……. 개, 예방주사는 맞혔나요?"

우조의 질문에, 개 주인이 머리를 긁적이고 나서 계면쩍은 표정을 지으며 대답한다.

"잘 모르겠는데요?"

"개 주인이라면서요?"

우조의 목소리에 화가 묻어난다.

"그것이 그러니까……그런데, 실례지만 누구……세요? 처음 뵙는 분이라서……."

"나는 봤구유?"

풍자 씨가 끼어들었다.

"어르신은 대면한 적은 없지만, 이렇게 저렇게 뵌 적이 있네요."

"그럼 우리 아들은 유? 오늘 개에 물린 우리 아들 말여유."

"이 댁에 아드님이 드나드는 건 보질 못했는데……."

"봤든 안 봤든, 지금 한가하게 이런 얘기 할 때가 아니잖아요? 어떻게 하실 생각이세요? 진도를 좀 나가봅시다. 나는 이 어르신의 큰딸이고, 개에 물린 그 애는 이 어르신의 막내예요. 이해되셨나요?"

"이해했어요. 그런데, 당사자를 만나서 얘길 해야 될 것 같은데요."

"이 양반이 정말. 그럼 여기는 왜 오셨어요? 우리 막내가 여기 안 산다는 정보는 알고 온 듯한데?"

"그런데 뭐하는 분이세요?"

"이보오! 목사 양반, 혹시 우리 큰애한테 관심 있어유? 누구냐, 뭐하는 분이냐, 왜 그렇게 꼬치꼬치 묻는 거유?"

"네?"

"울 엄마 말이 맞잖아요. 겉을 재보고, 속을 들춰 봤잖아요. 오해 살 언행은 삼가고, 개 주인으로서 태도 확실하게 하세요. 다시 묻습니다, 예방주사는 맞혔나요?"

"그게 아니고 말씀을 하도 잘하셔서. 연세도 저보다 위인 것 같으신데, 결례를 했다면 용서하세요. 사과드립니다."

"뭔 띠유?"

"네?"

풍자 씨가 답답해 죽겠다는 듯이 인상을 찌푸린다.

"뱀띠에요."

"우리 막내하고 동갑이네."

"사술 원진이네."

목사가 고개를 갸우뚱한다.

"그런 게 있어요. 사술 즉, 개와 뱀은 서로 원진이 있어요. 쉽게 말해서, 뱀띠인 사람이 개를 기르면 좋을 게 없다. 얼마간의 피해를 감수하고라도 나는 개를 길러야겠다, 그건 개인의 자유지만요."

"아, 그래서 어제 너는 물 듯 말 듯 간만 보고 물러났구나. 우리 막내가 뱀띠라서 덥석 물었구나, 그 씨부랄놈이."

우조가 전화를 건다.

"얘, 개 주인이라는 목사 분이 오셨어. 바꿔줄게."

우조가 휴대폰을 목사에게 건넨다.

“개 주인입니다. 죄송합니다. 치료비는 물어드리겠습니다. 네? 아, 네네. 정말 죄송합니다.”

목사가 운다.

“우리 막내가 뭐라구 했는데 그래유?”

“치료비는 본인이 알아서 한답니다.”

“난 또 뭐라구. 교회에 사람 들어가는 꼴을 못 봤다던데 그럼 농협 상무씩이나 돼 가지구 야박하게 치료비 물릴 줄 알었어유? 밤두 늦었으니 어이 그만 가봐유.”

풍자 씨가 일어나자, 목사도 일어선다.

2부
생의 한 가운데에서

시절 인연

우조의 몸에 이런 저런 트러블이 생겼다. 혓바늘이 돋았고, 입술 주위도 자주 헐었으며 두드러기가 났다. 결혼하기 전에는 없었던 증상들이다.

두드러기는 아프지는 않았지만 근질거려서 신경을 곤두서게 했으므로 증상이 나타나면 우조는 약국으로 달려갔다.

"식중독이에요. 이거 먹으면 가라앉을 거예요."

약사 말대로 그 약은 한 봉만 먹으면 금세 가라앉긴 했다. 그러나 임시방편일 뿐, 두드러기는 자주 발생했으며, 어떨 땐 설사와 동반되어 나타나기도 했고, 드물게는 설사와 변비가 반복되기도 했다.

결혼 생활로 호르몬의 균형이 깨져서 그런가, 싶어서 약사에게 문의했다.

두드러기는 식중독에서 오는 경우가 많으니 음식을 조심하고 설사와 변비는 스트레스 때문일 수도 있으니 마음을 편안하게 먹어라, 라고 했다.

우조는 스트레스를 받지 않기 위해서 남편, 모병기에 대해 심적 거리를 두기로 했다.

'뭘 바라지도 말고, 뭐라고 해도 상처받지 말자, 마음의 근육을 키우자.'

이렇게 마음을 먹었다.

그리고 두드러기가 나타나게 된 단초를 알아내면 병의 뿌리를 뽑겠다 싶어서 먹은 음식을 적기 시작했다. 식단 구성에 고등어가 많이 들어 있었다. 모병기는 반찬 타박이 심했는데, 고등어를 올리면 군말이 없었고 특히 고등어자반을 올려놓는 날엔 접시까지 씹어 먹는 것은 아닐까 할 정도로 잘 먹었다. 산골 출신인 우조는 생선을 별로 좋아하지 않았지만 모병기의 비위를 맞추다 보니 고등어를 자주 상에 올렸던 것이다.

고등어가 문제였다는 것을 알았으므로 피하든지, 극복하든지 해결 방안을 찾아야 했다. 자주 먹다보면 인이 박히겠지, 라는 쪽으로 굳혔다.

고등어자반을 구워서 반 마리씩 접시에 담았다. 먹기도 전에 비린내가 역겨웠으며, 이걸 다 어떻게 먹나, 숙제처럼 느껴졌다. 자반을 잘라서 손에 들고 맛있어, 맛있어 주문을 외우며 먹고 있는데 입술이 근질거리며 감각이 둔해지며 부어오르는 느낌이 들었다.

그새 자반 반 마리를 뚝딱 해치운 모병기가 우조를 보았다.

"어, 너 입술이 왜 그러냐!"

우조가 일어나 거울을 봤다. 발갛게 부어있었다.

"징그럽다, 야. 무슨 벌레 같잖아. 근데 왜 그러냐, 갑자기."

"왜 그러겠어요, 스트레스 받아서 그런 거지."

"병신도 급수가 있다더니, 가지, 가지한다, 너도."

우조는 고등어자반을 쓰레기통에 쏟아버렸다.

'음식에도 궁합이 있구나, 하물며 사람 사이는 말해 무엇 하겠는가.'

우조는 한숨이 나왔다.

고등어가 상극이라는 것을 알게 되자, 우조는 이제 그 냄새만 맡아도 골이 아팠다. 석유곤로를 하나 장만해서 마당에 나가 조리고, 굽고 해서 모병기 상에 바치기로 했다.

고등어를 먹지 않은 지 여섯 달 정도가 지나자, 두드러기는 자취를 감췄고 변비와 설사 기운도 없어졌다.

그런데도 몸은 무기력해져 갔다. 낮 동안 혼자 있을 때는 괜찮았는데 모병기가 퇴근할 시간이 다가오면 가슴이 두근대기 시작했고, 마주 앉아 저녁을 먹을 때는 잠자리에서 시달릴 생각으로 마음이 무거워졌다. 몸에 이상 반응이 생겼다. 몸이 나른해지면서 목구멍에서 거품이 끓듯 부글거리는 느낌과 함께 비린내가 맡아져서 뱉어보니 피였다. 티스푼으로 한 개 분량의 선홍색 피가 나왔다. 각혈을 하고 나면 극도로 나른해지면서 온몸에서 기운이 쏙 빠져나갔다. 가슴이 두근거리며 몹시 불안해졌는데, 그건 아마도 피를 보고 난 후 심리적 요인에서 오는 두려움 때문인 것 같았다.

병원에 입원해서 정밀 검사를 받았다.

"현대의학으로는 왜 각혈을 하는지 원인을 규명하지 못하겠네요."

이것이 의사의 소견이었다.

"치료 약은 없나요?"

"원인을 모르는데 어떻게 처방을 내립니까."

"생활요법이라든가 도움이 될 만 한 게 뭐 없겠습니까?"

"술, 담배, 스트레스 이런 거 피하고, 몸을 따뜻하게 하세요."

초겨울이 되자, 각혈의 빈도가 높아졌고 허리가 몹시 아파서 대학 병원에 입원했다. 이 과 저 과 끌려 다니며 정밀 검사를 했지만, 특별히 의심 갈 만한 곳은 발견되지 않았다. 그렇지만 주치의는 무슨 약인가를 처방해 줬다. 저절로 나왔는지 치료를 해서 나았는지 통증이 완화되어서 퇴원하게 되었다.

반지하 셋방의 문을 여니, 하얀 시트가 놓인 병실과 대비되면서 방안이 을씨년스럽게 느껴졌다. 방에 들어서자, 발밑으로 냉기가 올라왔다. 오줌이 마려웠지만, 너무 피곤해서 전기장판의 전원을 켜고 누웠다.

'이대로 영원히 눈을 감아버렸으면 좋겠다.'라는 말이 가래처럼 목구멍에 걸렸다.

배가 고프고 오줌이 마려워서 몸을 일으켰다.

번개탄에 불을 붙여서 연탄을 피우고 라면을 끓여 먹고 다시 누웠다.

배도 부르고 방은 점점 따뜻해졌으며 잠이 솔솔 왔다.

모병기만 없다면, 나 혼자 이 집에서 산다면 마음고생 하는 일 없이 잘 살 수도 있을 텐데 하는 생각이 들었다.

한숨 자고 일어났더니 그새 날이 어둑어둑해졌다.

녹슨 대문이 늙은이 뼈 어긋나는 소리를 내지르며 열렸다. 문틈으로 내다보니 옆집으로 이삿짐이 옮겨지고 있었다. "조심, 조심!"하는 소리가 들려서 다시 내다봤다. 젊은 남자가 환자를 업고, 고등학생 정도의 소년이 환자의 엉덩이를 받치고 뒤따르고 있었는데, 그들은 무언가를 감추려는 듯 매우 조심스럽게 행동했다.

밤새 눈이 와서 화단이고 마당이고 온통 새하얀 세상으로 변해 있었다. 그런데 마당엔 발자국이 하나도 나 있지 않았다. 어제저녁에 본 사람만 해도 세 명이었는데, 왜 아무런 기척이 없지? 연탄가스를 맡은 건 아니겠지? 하면서 화장실에 다녀오는데 "새대액!"하는 소리가 났다. 나를 부르는 건가? 싶었지만 우조는 대답하지 않았다. 그러자 또 불렀다. 옆집이었으며 여자 음성이었다.

"왜 그러세요!"

잠잠했다.

우조는 그 집 창가로 가서 다시 물었다.

"저를 부르셨나요?"

"네, 미안하지만 우리 집 아궁이 구멍 좀 열어 놔줘요."

우조는 좀 이상하다 싶었지만 무슨 사정이 있나 보다 하고, 그 집 출입문을 열고 들어갔다. 방이 양쪽으로 두 개가 있었고 연탄아궁이도 각각 달려 있었다. 마당 쪽으로 나 있는 방문 앞에 여자 신발이, 안쪽 방문 앞에 남자 슬리퍼가 놓여 있었다. 여자 신발이 있는 아궁이에는 양은 솥이 올려 있었고 공기 구멍에 헌 양말이 콱 틀어 막혀 있었다.

"이걸 완전히 다 빼놓을까요?"

"아니 반만, 반만 열어놔요."

양말을 꾹꾹 접어서 공기가 들어가도록 틈새를 열어 주었다.

밤이 되자, 바람이 심하게 불었다.

옆집에서 또 예의 그 "새대액!" 하는 소리가 들려왔다. 일부러 신경 쓰지 않으면 제대로 들리지 않을 정도의 소리였다. 우조가 귀찮아서 못 들은 척했더니 또 불렀다. 창문을 열자, 바람이 해코지를 하듯이 마당의 눈을 우조의 방으로 흩뿌렸다. 얼결에 닫으며 입만 내놓고 "왜요!" 하고 소리 질렀다. 아줌마는 대답하지 않았다. 할 수 없이 밖으로 나가서 왜 그러시느냐 물었다.

"방이 너무 추워요!"

그 집으로 들어가서 솥단지에 손을 대보았다. 차가웠다. 솥단지를 들어내고 두꺼비 집을 열어보니 연탄이 다 타고 하얀 재만 남았다. 옆의 아궁이에도 하얗게 탄 연탄재만 있었다.

이걸 나보고 어쩌라고, 우조는 한숨부터 나왔다.

"불이 꺼졌는데요?"

"불 좀 피워줘요."

"번개탄은 어디 있나요?"

아줌마는 아무 말이 없었다.

"사와야 하는데…… 돈은 여기 있어요."

우조는 그냥 집으로 왔다.

집에도 번개탄이 떨어져서 사다 놓긴 해야 했지만 우조는 춥고 귀찮았다. 연탄불을 붙여다 주는 게 낫겠다 싶어서, 연탄을 새로 갈고 공기구멍을 활짝 열어놓았다. 불이 붙으려면 시간이 걸릴 터여서 방으로 들어가 누웠는데, 아줌마가 부를까 봐 우조는 바늘방석에 앉은 기분이었다. 불이 붙은 연탄을 가져다 아줌마 방에 넣어 주고, 그 집에서 새 연탄을 한 개 가져왔다.

그날 밤 우조는 심한 독감에 걸렸다. 밤새 앓고 아침도 못 먹고 기운 없이 누워 있는데, 아줌마가 또 불렀다. 전등 좀 켜 달라고 해서 그 집 방에 들어갔다.

아줌마는 누워 있었고 머리맡에는 약봉지와 종이 기저귀 보따리가 있었다.

나보다 더 심각하네, 우조는 한숨이 나왔다.

"연탄불은 제가 책임지고 갈아드릴게요."

아줌마는 눈물을 흘리며 혼잣소리처럼 말했다.

"어서 봄이 오면 좋겠어요."

'그러게 말이에요, 사실 저는 추우면 각혈을 한답니다. 가스를 맡는 것도 폐에 좋지 않아요. 그래서 우리 연탄 가는 것만으로도 힘들답니다.'

우조는 속으로 이렇게 신세 한탄을 했다.

주말이 되면 아줌마 집에 누군가 왔다 갔는지 눈 위에 낯선 발자국이 나 있곤 했다.

십이월 중순으로 접어들자, 추위가 맹렬해져서 마당에 있는 수도가 얼어버렸다. 주인집에서 솜을 넣고 비닐로 칭칭 감아 놓았는데도 그랬다. 더운물을 부으면 녹기야 하겠지만 귀찮아서 급한 속옷은 부엌 싱크대의 물을 받아서 조물조물 빨았다. 솥단지에는 항상 따뜻하게 물이 데워져 있어서 솥뚜껑 위에 빨래를 올려놓으면 잘 말랐다.

아줌마는 빨래를 어떻게 해결하지? 누가 빨아다 주나?

얼핏 그런 생각이 들었다.

날씨가 더욱 추워졌고 우조는 또 독감에 걸렸다. 지독한 두통으로 정신까지 몽롱해졌다. 그런 몸으로 아줌마의 부탁을 들어주느라 이중으로 힘들었다.

마당의 수도는 이제 완전히 얼어버려서 뜨거운 물을 부어도 해동이 되지 않았다.

독감은 일주일이 지났는데도 나을 기미를 보이지 않았다. 온전히 좀 쉬어야 하는데 아줌마 때문에 그럴 수가 없었다.

우조는 집주인을 찾아가서 그동안 있었던 이야기를 하고 이사 가겠다고 했다. 방을 내놓은 것까지는 동의해주겠다. 그러나 계약 기간이 남아 있으니 알아서 해결하라고 했다. 그렇게 하겠으니, 마당의 수도라도 좀 녹여달라고 요구했고, 주인집에서는 당장 기술자를 불러 수도를 해동시켜 주었다.

복덕방에 찾아가서 방을 내놓으려 왔다고 말했다.

"이 엄동설한에 누가 방을 보러 온다고, 설 지나고 다시 와 보오."

아직 해도 바뀌지 않은 시점이었다.

"그래도 급한 사람이 있을지 모르니까 신경 좀 써 주세요. 방이 나가면 복비를 두 배로 쳐 드릴게요."

그러자 영감은 마지못해 돋보기를 코에 걸고는 우조를 살펴보았다. 우조가 다시 공손히 인사했다. 영감이 화투패를 내려놓고 장부를 펼쳤다.

"주인이 집세를 더 올릴지 어떨지, 그런 건 합의 된 거요?"

우조는 거기까지는 미처 생각해보지 않았지만, 집세는 현재대로 놓기로 합의 보았다고 둘러댔다. 주소와 집주인 전화번호를 알려주고 복덕방을 나왔다.

또다시 눈이 내리고 있었고 어디선가 크리스마스 캐럴이 들렸다.

수도도 녹았겠다, 밀린 빨래를 하기로 했다. 연탄아궁이 공기구멍을 빼놓고 두꺼비 집도 열어놓고 솥에 한가득 물을 부어 놓았다.

고무 함지에 가루 세제를 풀어 빨랫감을 담가놓았다. 대야에 뜨거운 물을 퍼붓고 속옷을 빨랫비누로 치대며 애벌빨래를 주무른 다음 마당으로 나가서 헹궜다. 손이 시렸다. 뜨거운 물을 퍼다가 손을 담그면서 헹궜지만 그야말로 언 발에 오줌 누기 식이었다. 헹군 빨래를 마당의 빨랫줄에 너니 무게를 못 이겨 빨랫줄이 출렁 내려앉았다. 바지랑대가 없어서 그랬다.

우조는 어렸을 때 바지랑대에 걸려있던 빨래들이 생각났다.

바지랑대에 걸린 빨래들은 또옥, 똑, 여린 눈물방울을 흘리다가 이내 빳빳하게 굳은 채로 밤을 견디고 나서 아침 햇살이 퍼지면 아지랑이처럼 김이 피어올랐다.

우조가 빨랫줄을 팽팽하게 당겨놓고 집으로 들어오자 마당에서 인기척이 들렸다. 내다보니, 옆집에서 웬 수녀가 빨래를 한 아름씩 안고 나와서 마당에 쌓아놓았다. 수녀는 대야를 엎어 놓고 그 위에 헌 옷가지를 얹어 깔고 앉아서 비누칠을 해가며 빨래를 빨았다. 수녀의 손도 금세 빨갛게 얼었다. 손을 오금에 넣었다가, 양쪽 겨드랑이에 넣었다가를 반복하면서 빨래를 했다.

뜨거운 물은 다 써버렸고 연탄불을 갈았기 때문에 우조네도 더운물이 없었다. 수녀에게 따뜻한 보리차를 대접하고 싶어서 주전자에 물을 붓고 볶은 보리를 한 줌 넣어서 연탄불 위에 올려놓고 방으로 들어왔다.

몸을 녹이려고 이불 속으로 들어갔다가 잠이 들었고, 자작자작 소리 나서 벌떡 일어나 부엌에 나가보니 연탄불이 환했고, 보리차는 주전자 바닥에 졸아붙어버렸다. 밖을 내다보니 수돗가는 조용했으며 빨랫줄로 한가득 빨래가 걸려있었다.

연탄을 간 다음, 재를 들고 대문 밖으로 나갔다. 기저귀를 모아 담은 커다란 비닐 봉투와 이런저런 쓰레기들이 한 보따리 있었다. 눈을 맞으며 맨손으로 빨래를 하던 수녀의 옆얼굴이 자꾸만 어른거려서 우조는 멍하니 하늘을 올려다봤다. 회색빛 하늘은 침묵하고 있었다.

우조는 방에 들어와 일기장을 펼쳤다.

나를 괴롭히는 이 병마는 어디에서 연유한 것인가.

삶이란 무엇이고, 인연이란 무엇이고, 종교는 또 무엇인가.

이튿날 아침 일찍 밖에서 분주한 발소리가 났다. 창문을 살짝 열고 밖을 내다보니 전날의 그 수녀가 이불과 요의 홑이불을 마당에 쌓아놓았다. 일부는 빨고 일부는 삶아서 빨랫방망이로 두드려 빨면서, 연신 부엌을 드나들었다. 콧등과 볼이 새빨갛게 얼었다.

방망이질하면서 맨손으로 빨래를 뒤집는, 빨갛게 얼고 퉁퉁 부은 수녀의 손가락은 무슨 벌레 같았다. 그러나 검고 흰 색의 수도복의 영향 때문에 청빈 정결 순명 이런 단어들이 떠올랐다.

주인집에서 우조를 불러서 올라갔다. 복덕방에서 전화가 왔었다며 복덕방으로 전화를 연결해주었다.

"당장 집을 비워줄 수 있소? 그게 안 되면 사흘 말미를 줄 수는 있답니다."

"너무 촉박해서 안 되겠어요. 죄송합니다."

계단을 내려오다가, 연탄재를 들고 나오는 수녀와 마주쳤다.

"수고가 많으세요."

우조가 인사했고, 수녀가 고개를 끄덕이며 미소를 지었다. 입가에 퍼지는 주름으로 미뤄 삼십 대 중반 정도는 되어 보였으며 매우 온화한 인상이었다.

'나에게도 저런 언니가 한 명쯤 있었으면…….'

우조는 라디오를 켰다. 《MBC》 라디오에서 〈임국희의 여성 살롱〉이 흘러나왔다. 주파수에 손을 대지 않고 아침마다 그냥 틀어놓는 방송이었다. 그날은 연말 즈음이어서 그랬는지, 주로 남을 돕거나, 도움을 받은 사연이 나왔다. 크리스마스가 얼마 남지 않았다며 따뜻한 사연을 많이 보내달라고 진행자인 임국희 아나운서가 말했다.

우조는 불현듯 수녀의 미담을 소개하고 싶어졌다.

생각을 풀어놓다 보니 아줌마가 귀찮게 해서 힘들다는 이야기가 주를 이뤘지만, 아무려나 머릿속을 정리한 느낌이 좀 들었다.

펜을 놓고 창문을 열어봤다. 함박눈이 내리고 있었다. 주워들은 문장 하나가 떠올랐다.

'하늘에는 영광, 땅에서는 평화'

그 문장을 제목으로 달아서 속달 우편으로 보냈다

돌아오는 길에 복덕방에 들렀다.

"저, 방 내놓은 것 취소할게요."

복덕방 영감은 입맛을 한번 "쩟!" 다시고는 장부를 펼쳐서 줄을 죽 그었다.

하늘에는 영광, 땅에서는 평화

크리스마스이브의 아침이었다.

오늘은 착한 일을 한가지 해야지. 어떤 일을 할까 하는데, 친정에서 가져온 고구마 자루가 눈에 들어왔다. 잘 생긴 고구마 세 개를 골라서 연탄 두꺼비집 위에 올려놓고 이남박으로 덮었다. 노릇노릇하게 잘 구워진 군고구마를 들고 아줌마 집으로 갔다.

부엌에 들어서자, 아줌마가 솥뚜껑을 좀 열어보라고 했다. 솥에는 소머리가 통째로 들어있었으며 김이 올라오는 중이었다.

방문을 열고 고구마만 놓고 나갈까, 하는데, 라디오에서 〈임국희의 여성 살롱〉 시그널 송이 흘러나왔다. 우조는 방으로 들어갔다.

"아줌마도 이 방송 들으시네요?"

"애청자라오."

아줌마가 일어나려고 몸을 움직여서 우조가 도왔다. 아줌마는 혼자는 거동을 못 하고 벽에 기대 놓으면 잠깐씩 앉아있을 수는 있다고 했다.

우조는 고구마를 까서 아줌마 손에 쥐여 주고 자기도 한 개 까서 먹었다.

동치미를 갖고 왔어야 했는데, 하고 있는데 라디오에서 우조의 주소와 이름이 나왔다.

"어머, 내 이름이……."

얼마나 갑작스럽던지 목으로 넘어가던 고구마가 목에 걸릴 뻔했다.

아줌마가 고구마 든 손을 멈추고 우조를 보았다. 자기 이야기라는 걸 알았던 것이었다. 아줌마의 눈에 눈물이 고였다.

"미안해요. 새댁도 아픈 몸인 줄 모르고……."

우조가 아줌마를 안았다. 아줌마도 우조를 안고 뒤통수를 쓰다듬어주면서 말했다.

"내가 그동안 새댁한테 너무 신세를 많이 졌다고 수녀님께 말했더니, 어제 소머리를 사 왔다우. 어제 애벌 끓여서 헹궈 냈다고, 오늘 진국이 우려지거든 새댁과 나눠 먹으라고 합디다. 그래서 점심 먹기 전에 가져가라고 부르려던 참인데, 군고구마를……."

"감사합니다. 그런데, 말씀 낮추세요. 저는 이제 스물둘이랍니다."

"스물둘……."

아줌마가 한숨을 쉬었다.

"첫아들을 낳던 해에 나도 스물둘이었는데……, 그렇게 꽃다운 나이에 아프니 저를 어째……."

잘못하면 동병상련을 나누며 둘이 붙들고 울게 생겼으므로 우조는 얼른 화제를 돌렸다.

"가장 급한 일이 뭐에요? 오늘은 제가 일일 산타가 되어드리기로 했거든요."

아줌마가 환한 낯빛으로 우조를 바라보았다.

"내 얘기를 좀 들어 줘요!"

뜻밖이었다.

"우리 남편은 칼(KAL)에 다녔지요."

아줌마가 액자를 가리켰다. 파일럿 복장을 한 남자와 나란히 앉아 찍은 사진이었다. 젊은 시절의 아줌마는 상당한 미인이었다. 체구가 작고 앙증맞은 게 당시 한창 뜨고 있던 정윤희라는 배우와 자매지간이라면 맞을 듯한 얼굴이었다.

"남편분도 멋있으시네요, 잘 생기셨고요."

"그게 문제랍니다."

아줌마는 스물한 살에 삼대독자 외아들과 결혼해서 아들 둘을 낳았고 셋째 아이를 갖고부터 남편이 바람을 피웠다. 시댁에서 말리자, 남편은 부모와 연을 끊겠다고 저쪽 여자에게로 가버렸다. 아줌마는 충격을 받아 쓰러져서 입원했고 병원에서 미숙아를 낳았다. 퇴원하고 집에 와보니 새 여자가 들어와 있었는데, 그 여자도 아들을 낳아서 시어머니로부터 산바라지를 받고 있었다. 아줌마는 집 한 칸을 받는 조건으로 반강제로 이혼당했다. 큰아들은 시댁에서 놓아주지 않아서, 신생아와 바로 위의 두 살짜리 아들만 데리고 집을 나왔다.

아줌마는 체중이 줄면서 근력도 줄었고 척추에 힘이 빠져서 결국 자리에 누워 지내게 되었다. 병원에서는 루게릭병의 일종이라고 했다. 사지의 근육이 서서히 약해지고 있을 뿐 호흡근에 이상이 있거나 생명에 지장을 초래할 만한 증상은 없었다.

큰아들은 사춘기 때 아줌마 집에서 한 일 년 살다가 다시 본가로 가고, 둘째는 국비 장학생으로 포항에 있는 고등학교에 다니고 있고 막내는 중학교만 졸업한 채 공장에 들어가 기숙사 생활을 하고 있는데, 주말마다 집에 와서 밀린 살림을 돌본다고 했다.

수녀, 아줌마, 그리고 자신의 삶이 삼각형 구도를 띠며 우조의 의식 속으로 들어왔다. 색깔과 무게는 달랐지만 모두 자기 몫의 고행을 짊어지고 인생이라는 여정을 걷고 있구나 싶었다.

"남편은 다 지나간 얘기라고 한답디다, 지금도 나는 이렇게 고통 속에서 살고 있는데."

우조는 아줌마 손을 잡아줬다. 그리고 '아줌마 편이 되어드릴게요.'라고 속으로 말했다.

아줌마의 사연을 적어서 방송국으로 보냈다. 아침 열 시만 되면 아줌마 집으로 가서 〈임국희의 여성 살롱〉을 함께 들었다.

지난번에 보냈던 '하늘에는 영광, 땅에서는 평화'가 월 장원으로 뽑혔다는 방송이 나왔는데 바로 그날, 아줌마의 사연도 방송을 탔다.

방송을 들었다며, 아줌마의 큰아들이 찾아왔다.

할아버지가 집을 장손 명의로 해놓았는데, 할아버지가 죽자, 아버지가 자기 집이라고 주장하며 아들에게 집에서 나가라고 하던 차에, 이번에 방송이 나오게 되었다. 아줌마의 사연을 들은 청취자가, 아줌마의 남편이 직장에 잘 다니는 게 상식적으로 이해가 안 간다느니, 간통죄가 있어도 소용없다느니 하는 의견이 올라오는 것을 들은 큰아들이 탄원서를 내겠다고 강하게 밀어붙이며 엄마를 모셔다 함께 살겠다고 선언했다. 그 뒤 큰아들은 색싯감을 데리고 몇 번 다녀갔고 아줌마는 큰아들을 따라 아들 집으로 이사 가게 되었다.

묵은 때를 밀다

집의 전세 기간이 만료되고 있어서 어떻게 하나 하고 있는데 집주인이 먼저 제안했다. 강남에 음식점을 개업하게 되어서 집을 자주 비울 것 같다. 그래서 집에 늘 상주해있는 세입자가 필요하다. 전세금을 올리지 않을 테니 기간을 연장해서 살지 않겠느냐고 해서 우조는 그렇게 하기로 했다.

아줌마는 이사를 가고 새로운 세입자가 들어왔다.

그 집은 공사현장의 인부들에게 점심을 해주는 '함바집'이었다.

점심때가 되면 작업화를 신은 남자들 예닐곱 명이 들어와 밥을 먹었다. 거기까지는 괜찮았다. 문 닫고 내다보지 않으면 되니까. 그런데 화장실이 큰 문제였다. 간유리로 된 화장실 문은 내부가 비치기 때문에 볼일을 다 보고도 무릎을 꿇고 옷을 여며야 했다. 우조가 화장실에 있으면 그들은 휘파람을 불었고, 우조의 방을 지날 때 시시덕거리며 야한 농담을 했다.

예고도 없이 풍자 씨가 왔다.

보따리장수처럼 이것저것을 잔뜩 이고 온 풍자 씨가 눈물을 훔쳤다. 우조는 풍자 씨에게 무슨 일이 생겼구나 싶어서 농담을 했다.

"말을 해봐요, 집 나왔어?"

"이혼할 거여……."

풍자 씨가 갇혔던 울음을 쏟아냈다.

돈 잘 벌어다 주는 남편에다가, 내주장 펼치며 자기 멋대로 살림을 주무르고 살면서, 염병 걸린 사람 앞에 고뿔 걸린 엄살을 떨고 있다 싶었다. 뭣 같은 신랑과 연애 걸었다며 혼수도 거지같이 해준 게 우조는 새삼 고깝게 느껴져서 쌀쌀맞게 물었다.

"무슨 사정인지 어디 말이나 한번 들어봅시다."

"암이래여……, 유방암."

우조는 귀를 의심했다.

"여기 멍울이 잡혀서 병원에 갔었어. 그랬더니 암이라구 서울 큰 병원으루 가 보래여."

우조는 그게 왜 하필 우리 엄마냐고, 아무나 붙잡고 시비라도 걸고 싶어졌다.

"그깟 시골의원에서 뭘 알아."

"여주에 한 군데, 이천에 두 군데 이렇게 시 군데나 가봤어."

"그런데?"

"그런데는 뭘 그런 데여. 암 이래지."

"증상이 어떤데?"

"아프지는 않은데, 여기……."

풍자 씨가 오른쪽 팔을 들고 겨드랑이를 가리켰다. 우조가 만져보니 무슨 종양이 만져졌다. 옷을 확 벗기고 살펴보았다. 땅콩만 한 종양이 도도록이 불거져 있었다.

우조는 두 다리를 뻗고 대성통곡을 했다. 한바탕 눈물 바람을 하고 나서, 풍자 씨와 함께 집을 나섰다.

대학 병원으로 갈지, 아니면 동네 의원으로 먼저 가서 진단을 한번 받아보아야 할지 판단이 서지 않았다. 일단 버스를 타고 번화가로 갔다.

눈앞에 병원 건물이 보여서 들어갔다. 암일 수도 있고 아닐 수도 있으니 일단 조직검사를 해보자고 했다. 우조는 아버지께 상황 설명을 하고 싶었으나 전화는 이장 댁에만 있어서 통화가 어려웠다.

종양의 조직을 떼어서 서울대 병원으로 보냈고, 일주일 동안 매일 처치를 받으러 다니기로 했다.

결과가 나오기 하루 전날이었다.

풍자 씨가 상처에 붙였던 반창고를 떼었다. 손가락 두 마디 정도로 꿰맨 상처 자국은 꾸덕꾸덕 말라가는 중이었다. 반창고를 도로 덮어서 꾹꾹 누르며 풍자 씨가 말했다.

"이까짓 거는 새발에 피지, 다 나았네 뭐. 오늘은 병원에 가지 말자, 가봤자 아까징끼나 발러 주는 게 단데 뭐."

그 대신 목욕탕에 가자고 했다. 다음 날이면 대학 병원에 가서 제대로 된 검사를 받게 될 테니 몸을 좀 씻자는 거였다.

반창고를 여러 겹으로 덧바르고 목욕탕에 갔다.

상처가 물에 닿지 않도록 조심하면서 탕에 들어가 때를 불리고 나왔다.

마른 장작처럼 깡마른 풍자 씨의 등을 밀자니 우조의 가슴이 먹먹해졌다.

남편은 큰돈 벌려고 객지에 나가 있는 날이 더 많으니, 그 자리를 대신해 논으로 밭으로 돌아치면서 오남매를 건사하느라 몸에 살이 붙을 날이 없었겠지, 등을 밀어드리는 것도 이것이 마지막이겠지 싶어서 가슴이 메었다.

풍자 씨가 우조의 등을 밀었다.

"속살이 박 속 보덤두 더 희구나, 살결두 매낄매낄 부드럽구. 육덕이 고와서 남편 복이 있을 줄 알었는데……."

많이 듣던 말이었다.

섣달그믐 날 저녁이면 풍자 씨는 가마솥에 물을 데웠다. 아궁이에 장작불을 지펴 놓고 그 앞에서 자식들을 한 명씩 불러 목욕을 시켰다. 다른 것은 아들부터 챙겼지만 목욕할 때만은 언제나 맏이인 우조부터 씻기면서 주문처럼 그런 말을 했었다.

모녀는 나란히 서서 몸을 헹구었다. 풍자 씨의 젖가슴이 여전히 탱탱한 것에 놀라서 우조의 무릎이 꺾였다. 머리 위 샤워기에서는 물이 폭포처럼 쏟아졌다. 우조는 폭포수에 얼굴을 쳐들고 실컷 울었다.

목욕을 마친 뒤, 중국집에 들러 자장면을 먹고 저녁거리를 사러 시장으로 갔다.

"뭐 해 먹을까? 잡숫고 싶은 거 있음 다 말해, 뭐든 다 해줄게."

우조는 효도라는 티켓을 누군가가 주었는데 그동안 쓰지 못하고 있다가 유효기간이 임박해지는 느낌이어서 그냥 막 써 버려야 할 것 같았다.

"만두."

만두는 우조가 좋아하는 음식이다. 풍자 씨는 손만 많이 가고 먹자 할 것도 없다면서 좋아하지 않았다. 우조는 가슴이 쓰렸다.

우조가 모병기를 처음 데리고 집에 갔을 때였다.

마루에는 빚어 놓은 만두가 교자상 한가득 놓여 있었다.

풍자 씨는 부엌에서 젖은 손을 닦으며 나오다 말고 너무 놀라서 그 자리에 딱 멈춰섰다. 우조의 남편감을 보고 매우 실망한 것이었다. 우조가 방에 들어가자, 풍자 씨도 뒤따라 들어와 앉았다. 우조가 모병기와 함께 절을 올렸을 때 풍자 씨는 덕담 대신 한숨을 쉬고 얼른 일어나 부엌으로 갔다.

우조도 옷을 갈아입고 부엌으로 들어갔을 때, 풍자 씨는 울면서 꿩 뼈를 짓이기고 있었다. 우조가 아궁이 앞에 앉아 불을 때자, 풍자 씨가 칼질을 하다 말고, 칼자루를 자기 가슴에 대고 탕탕 치면서 한숨을 푸푸 내쉬었다. 우조는 그때 작심했다, 모병기에게서 벗어나야겠다고.

서울에 올라와서 그대로 도망쳤다. 모병기는 친정에 찾아가서 우조를 내놓으라고 협박을 했다. 우조가 갈만한 데를 알려달라고 떼를 썼고 우조의 고모집 전화번호를 알아갔다. 모병기가 고모 집에 왔었는데 가고 나서보니 칼이 한 자루 떨어져 있었다. 동네 선배들까지 찾아다닌다는 것을 안 풍자 씨가, 우조가 숨어 있는 곳을 모병기에게 알려주었다. 모병기에게서 벗어나는 것만이 유일한 희망이었는데, 다른 사람도 아닌 엄마라는 사람이 그 희망을 절망으로 만들어버린 것이었다.

결혼은 일사천리로 진행되었다. 신행을 갔을 때도 풍자 씨는 만두를 만들었다. 우조는 김치를 다지다 말고, 자기 가슴을 치면서 말했다.

"엄마는, 엄마도 아니야."

"지랄하구 자빠졌네. 미친년."

풍자 씨는 목소리를 낮춰서 계속 지껄였다.

"눈이 뒤집혀서 미친 개마냥 쑤시구 다니는데, 식구덜 다 죽일 태세였는데.

결혼 하겠다구 끌구 온 게 누군데? 지가 싼 똥은 지가 치워야지, 경우가 움써두 유분수지 말여."

그때부터 모녀 관계는 어그러지고 있었다.

만둣국을 해먹고 우조와 풍자 씨는 소화도 시킬 겸 동네를 한 바퀴 돌고 맥주를 사 가지고 들어왔다.

만두를 튀겨서 술상을 차렸다.

건배를 하려다 말고 두 사람은 마주 보았다. 뭐라고 건배사를 해야 할지, 말문이 열리지 않았다.

"이런 거 츰 해본다. 자, 짠!"

풍자 씨의 건배사였다.

풍자 씨가 가지고 온 보퉁이 속에서 손수건으로 옹쳐 맨 묶음을 풀었다. 새까맣게 때가 전 목도장이 한 개 나왔다. 자세히 보니 '장풍자'라는 한글 이름이 새겨져 있었다.

"이건 아부지가 직접 새겨 준 거여."

석수장이인 아버지는 손재주가 좋아서 나무도 잘 다뤘다. 공사판에 일이 끊어지는 때가 오면 방학을 맞은 학생처럼 집으로 돌아왔다. 밤나무를 깎아서 윷도 만들어 주었고 나무 필통도 만들어 주었고 도장도 직접 팠다. 식구들 것은 물론이고 동네 사람들이 부탁을 하면 돈을 받지 않고 새겨주었다. 아버지는 다정하고 견문이 넓었으며 이해심도 많았다. 우조는 세상의 남자들은 다 아버지 같은 줄 알았다. 그래서 모병기가 접근해 올 때도 설마하다가 결국 나쁜 끝을 보게 되었다.

"이 도장을 니가 갖구 있다가, 뽕낭구 밭을 팔어서 막내를 대학에 보내여."

"그 밭문서가 엄마 이름으로 돼 있어?"

"아니. 그런데 뽕나무 밭 살 적에 아부지가 한 말이 있어. 이건 당신 몫으로 사주는 거야. 그러니 여기다 무얼 심든지 그건 당신 마음대로 해. 그랬어."

심으라고 했지 그걸 팔아서 처분할 권리까지 주지는 않았을 터였지만, 목숨이 왔다 갔다 하는 판에 환자를 자극하고 싶지 않아서 풍자 씨의 말에 토를 달지 않았다.

"나는 그 밭에 아네모네를 심고 싶었다."

"말도 안 돼. 엄마가 아네모네 꽃을 보기나 했어?"

풍자 씨는 걸핏하면 이 동네는 마늘이 안 된다고, 밭이 모두 산 밑에 있어서 그런 모양이라고, 목돈이 생기면 논배미 옆에 붙은 기름진 밭을 사서 마늘을 한 스무 접을 캐고 싶다고 말하곤 했다.

"내가 처녀 시절에 인천 고모네서 살었잖니. 고모부는 학식이 높아서 책이 엄청 많었지. 그런데 고모부가 하는 말이 자기는 이 세상 꽃 중에 아네모네가 기중 어여쁘다는 거여. 몰라서 그렇지 양귀비는 오히려 천박하다며 아네모네는 초승달처럼 푸르스름하게 이쁘다더라. 날보구, 넌 아네모네를 닮았어, 라고 했었어. 인천이나 서울 남자한테 시집가서 꽃밭에 아네모네를 심으려고 했는데 육이오가 나는 바람에 집으로 피난 내려와서 내 신세가 이렇게 쪼그라들었잖니."

사실, 풍자 씨는 예쁘다. 우조가 어렸을 때, 둘이 장에 가면 사람들이 "엄마하고는 딴판이네? 엄마 닮았으면 미인 소리 들을 텐데."라는 말을 들었었다.

"하여간에, 이 도장을 니가 갖고 있어. 내가 죽거나 죽을 만큼 정신이 나가

문 아부지는 아마 새 장가를 들 거여. 그게 순리니까. 내가 너한테 당부할 일은 딱 한가지여. 막내가 대학을 마치도록 니가 좀 거들어."

"뭔 소린지 좀 헷갈리네……. 암튼 알았어요. 맡아 두긴 할게."

요를 펴고 나란히 누웠다. 풍자 씨는 곧 코를 골았지만 우조는 잠이 오지 않았다. 밖으로 나와서 옥상으로 올라갔다. 깜깜한 밤에 십자가 불빛들이 동서남북에서 빛나고 있었다.

우조는 동서남북 네 방위에 대고 빌었다.

"우리 엄마 좀 살려주세요."

결과가 나오는 날이었다.

"장풍자 씨 보호자 분!"

우조는 그 자리에 주저앉았다.

우조의 꼴을 본 의사가 안경을 고쳐 쓰면서 일어서서 말했다.

"아니에요, 암이 아닙니다. 축하합니다."

의사는 설명을 하기 위해 보호자를 찾은 모양인데, 우조는 환자가 놀랄까 봐 보호자를 부른 것으로 오해했던 것이었다.

"그럼 그 혹은 뭐지유?"

풍자 씨가 못 믿겠다는 투로 물었다.

"근육이 뭉쳐서 그렇게 된 것 같네요. 근래에 뭐 심하게 팔을 쓴 적이 있나 보지요.

"아이구 선생님이 진짜루 용하시네유. 지가 보름 동안 하루두 안 빠지구 모내기하러 다녔거든유."

라디오 스타가 된 우조

루게릭 아줌마로부터 한 통의 편지가 왔다. 칠월 중순 이후 일요일 하루 일정으로 여행을 가자. 여동생 부부와 함께 갔으면 한다고 간곡하게 쓰여 있었다. 넷째 주에 가자고 우조가 답장을 보냈다.

아줌마가 여동생 내외와 함께 우조를 태우러 왔다.

여동생은 유명한 외국 브랜드의 립스틱을 선물로 주었다. 그걸, 여행 가방에 넣어 승용차 뒷좌석에 올려두고는 지갑만 주머니에 넣고 따라 다녔다.

주문진으로 가서 회를 먹고 커피까지 마시고, 바닷가에서 산책도 했다. 입술 정리를 하려고 선물로 받은 립스틱을 발랐다. 그러자 끝이 뭉개져 버렸다. 뒷좌석에 놔서 녹은 거였다. 입술을 지우고, 평소에 바르던 국산 립스틱을 살짝 문대보니까 그건 뭉개지지 않았다. 외국산을 형체를 바로 잡아서 가방에 넣었다. 내릴 때 꺼내보니까 에어컨 바람 때문인지 립스틱은 스틱 형태를 유지했다.

이튿날 립스틱 두 개를 장독대 위에 나란히 놓아두었다가 오후 늦게 손등에 문질러 보았다. 이번에도 외국산은 뭉개졌고 국산은 괜찮았다.

이 내용을 그대로 써서 중앙일보 독자 투고란, '손거울'에 보냈다. 사흘 만에 독자 투고란에 실렸다.

세상엔 글감으로 삼을 만한 일도 많았고 그걸 채택해서 읽어주고 상품을 주는 매체도 많았다.

국영방송인 KBS에서는 소정의 고료와 상품을, 민영인 MBC에서는 상품으로 줬다.

어느 날 고료를 타러 KBS 방송국에 갔다가 우연히 〈전국 주부 말솜씨 대회〉의 예선 현장을 목격하게 되었다. 우조는 즉흥적으로 그 대회에 참가했다.

여러분, 제가 아가씨로 보이나요? 아줌마로 보이나요? 이렇게 포문을 연 다음 노무자들과 겪은 이야기를 콩트 식으로 풀어냈고 예심에 붙었다. 본심은 공개 방송으로 진행된다고 했다.

본심 보기로 한날 우조는 치장을 하고 방송국에 갔다.

경연장에 들어가자, 쿵쾅쿵쾅 드럼 소리가 나고 단상 한편에는 상품이 많이 쌓여 있었다.

방청객이 꾸준히 들어왔고 객석이 차자 출입문이 완전히 닫혔다.

할머니들이 화장실에 간다며 우르르 일어나 쪽문으로 나갔다. 우조도 화장실에 갔다. 이미 줄을 선 사람이 많았으므로 우조는 방송에 늦을까봐 걱정되었다. 자신이 출연자라서 그러니 먼저 볼일을 좀 보면 안 되겠냐고 양해를 구했다.

"걱정 말아요, 방송하려면 아직 십 분은 더 있어야 하니까."

알고 보니 그들은 방송국에 출근하다시피 떼거리로 몰려다니며 녹화방송을 구경하는, 말하자면 박수부대 겸 도우미들이었다.

방송 분량은 한 시간짜리였는데 녹화는 그 몇 배나 걸렸다.

가족과 아웅다웅하는 이야기, 그중에서도 시어머니에게 당한 이야기가 반응이 좋았다. 이야기 중간에 자작시를 낭송하기도 했고, 울면서 낭독하기도 했는데 그런 사연엔 박수가 덜 나왔다.

우조는 당선권 안에 들지는 못했지만 KBS로고가 찍힌 시계를 받았다. 전 출연자에게 주는 참가 상품이었다.

방송이 끝나고 그 프로 담당 피디와 다 함께 차를 마시는 시간을 가졌다.

"우조 님, 뵙고 싶었습니다. 제가 꼭 드릴 말씀이 있었거든요."

우조는 물론 함께 출연한 출연진들도 모두 놀라서 피디를 쳐다보았다.

"작가적 재능이 있으세요. 전문적으로 공부를 해보세요."

"고맙습니다. 그렇지만…… 공부가 일천한 제가 어떻게……."

"말 가는데 소인들 못갑니까? 전문대 문창과라도 들어가세요. 그러면 길이 열릴 것입니다."

우조는 가슴이 뛰어서 뭐라고 대꾸를 하지 못했다.

립스틱 이야기를 게재했던 신문사에서 연락이 왔다. 방송이나 신문과 잡지 등에 글을 투고하는 자유기고가들이 쓴 글을 한데 모아 책을 내려고 하니 원고를 보내 달라는 것이었다.

우조는 즉흥적으로 써서 투고하면 그뿐, 따로 보관해놓은 것은 없었다. '뽕밭과 목도장'이라는 제목으로 보냈던 원고는 생생하게 기억났으므로 그것을 써서 신문사로 보냈고 답신을 받았다.

천 명에게 원고 청탁을 보냈고, 답신을 받은 작품 중에 이십 편의 원고를 선정했는데, '뽕밭과 목도장'도 선정되었다. 곧 책을 출간할 예정이다, 라는 내용이었다.

글이 책에 실리다니, 우조는 이상한 기차를 타고, 이상한 나라에 여행 온 기분이었다.

출간 기념식에 참석했다.

책의 제목은 『옹달샘』이었다.

작품 심사를 맡았던, 얼굴이 잘 알려진 시인의 심사 경위 겸 축사가 있었다.

창작에 재능이 있으니 열심히 써서 좋은 작가가 되라고 했다.

지금 우리 정도의 수준을 갖춘 사람이 작가가 되기 위한 팁을 달라고 누군가가 질문을 했다.

"신변잡기만 늘어놓으면 잡문이 되기 쉽지요. 소재를 아껴서 장르에 맞게 구성해야 합니다. 글의 소재를 만났을 때, 수필로 쓸 것인지 소설로 쓸 것인지, 생각해보면 좋습니다. 일테면 커다란 보자기를 손수건만 하게 오려 놓고 이것이 손수건이다, 하면 안 되고 누가 보더라도 이것은 보자기를 자른 게 아니고 손수건이다, 해야 그것이 작품이 되는 것이지요."

우조는 그날 "잡문 쓰지 말 것!"이라고 수첩에 메모했다.

글감이 될 만한 소재를 만났을 때는 그 느낌을 일단 메모해두었다. 메모장이 쌓이자, 알곡을 모으는 듯 뿌듯해졌다. 알곡 항아리들이 모이면 그것으로 잡문이 아닌 수필이나 소설이라는 작품을 빚을 수 있는 때가 오겠지, 하는 기대감도 생겼다.

좋은 일이 연달아 일어났다.

주인집에서 초등학교 일학년, 삼학년인 두 딸에게 국어와 산수 과외를 해주고, 숙제와 준비물을 좀 챙겨달라고 했다. 모병기 월급의 반에 상당하는 금액을 선불로 받았다.

『옹달샘』에 작품을 실은 저자들이 모임을 하게 되었다. 자주 전화하면서 작가가 되기 위한 준비들을 했다. 신춘문예나 문예지에 응모를 준비하는 사람이 대부분이었지만 우조는 문예창작과에 들어갈 준비를 했다.

별빛이 흐르는 다리를 건너

1993년, 우조는 서른두 살에 대학생이 되었다.

입학식이 음악당에서 열렸다. 으리으리한 그랜드 피아노가 있는 것만 빼면 음악당은 방송국의 녹화장과 비슷했다. 천장이 무척 높고, 조명 시설이 잘 갖춰져 있고, 무대가 있는 게 그랬다.

단상 위에는 의자가 놓여 있었다. 시간이 되자, 박사 가운을 입고 술이 달린 사각모자를 쓴 교수님들이 속속 들어와 자리에 앉았으며 두 명의 여성이 교수님들과 떨어져서 앉았다.

식이 시작되었다. 애국가를 부르고, 입구에서 나눠준 유인물을 들여다보며 붕어처럼 입을 끔뻑이며 교가를 따라 불렀다. 두 명의 여성이 목에 핏대를 세워가며 교가를 불렀다. 우조는 괜히 콧등이 시큰해졌다.

교목의 축하예배와 학장의 환영 인사말이 있었지만 우조의 의식 속으로 들어오지 않고 귓등에서 튕겨 나갔다. 그 여성들의 소개가 있었다.

한 사람은 무형 문화재로 선정되었고 다른 한 사람은 개그맨으로 공채에

합격했다고 했다. 학교에서는 '학교를 빛낸 자랑스런 00인' 이라는 상패를 수여했다. 우조는 슬그머니 입이 옆으로 늘어났다.

흥, 그거 참 흥미로운 걸. 도전해볼 만한 게임이야. 저 두 선배처럼 나도 기필코 저 단상 위에 서고 말겠어.

우조는 자신에게 새로운 '꿈'을 입학선물로 주었다.

오리엔테이션을 가야 했다. 일박 이일 코스이며 장소는 양평에 있는 유스호스텔이었다. 새내기, 오리엔테이션, 유스호스텔 이런 단어들이 마치 수입된 채소를 처음 접했을 때처럼 생경하게 다가왔다.

"양평에 일박 이일로 오리엔테이션을 가려고 해요. 가고 싶어요."

우조가 이렇게 말했을 때 모병기는 가타부타 말을 하지 않았다.

금방이라도 "가지 마!" 하고 소리 지를 것만 같았다. 우조는 모병기 들으라는 듯 아들, 윤슬에게 다시 말했다.

"엄마가 오리엔테이션을 하러 갈 거야. 한밤만 자고 얼른 올 거니까. 아빠하고 있어야 돼. 울 아들은 씩씩하니까 할 수 있지?"

윤슬은 고개를 숙이고 눈물을 글썽거렸다. 우조가 눈을 엄하게 뜨고 바라보았다.

"음. 갔다 와, 엄마."

말은 그렇게 해놓고 아들은 우조의 목을 끌어안고 으앙 하고 울음을 터트렸다.

우조는 공연히 서러워졌다.

메모장을 펼치고 다음과 같이 적었다.

결혼한 내가, 꿈을 이루기 위해서는 자식이라는 혹을 등에 매달고, 남의 편인 '남편'이라는 적과 전쟁을 해야 한다는 사실을 오늘 새삼 통감하노라!

학교 입구에 도착해보니 관광버스가 학교 운동장에서부터 교문을 지나 그 앞의 도로까지 즐비하게 늘어서 있었다. 그 버스는 '00여자대학, 신입생 오리엔테이션'이라고 적힌 허리띠를 두르고 있었다.

선두 차가 출발했다.

명동의 8차선 도로 한복판에 교통경찰이 서서 수신호를 했다. 경찰의 지시에 따라 동서남북 네 군데에 서 있던 모범운전자들이 길 안내를 하는데 협조했다. 모범운전자들은 헤어스타일은 물론이고 의복에서 구두까지 교통경찰의 그것과 아니, 그것보다 더 엄격하게 갖춘 듯 했으며 행동에도 절도가 있었다.

'그 광경은 마치 행위 예술을 펼치는 듯했다', 라고 우조는 메모해두었다.

교통경찰의 수신호를 받고 모범운전자들의 통제 속에서 관광버스가 꼬리에 꼬리를 물고 도로 위를 지나가자, 행인들이 발걸음을 멈춘 채 바라봤다. 버스가 신호 대기 중일 때는 손을 흔들어 주는 이들도 있었는데 버스 안에 탄 새내기들도 마주 손을 흔들면서 거의 방종에 가까울 정도로 흥분해서 날뛰었다.

"어머, 사람들이 우릴 보고 있어!"

"너무 좋다, 등록금이 아깝지 않아, 그치?"

아, 이런 분위기를 만나기 위해서 나는 여기 왔는지도 몰라.

우조의 두 번째 메모였다.

출근 시간이 임박해질수록 차는 점점 밀렸고 도로 밖의 사람들은 더 이상 멈춰 서서 구경을 하거나 손을 흔들지 않았다.

시내를 벗어나면서부터 정체 구간이 해제되었다. 천호대교를 지나고, 미사리 강변을 지나서 차는 목적지에 도착했다.

병풍처럼 둘러쳐진 산속에 웅장한 호텔식 건물이 한 동 있었고 부속건물이 몇 동 있었다.

연이어 들어오는 버스들, 학생들을 내려놓고 나가는 버스들로 붐비는 가운데, 학생들은 과별로 배정받은 방으로 들어갔다.

'과티'를 나눠주었다. 목련꽃 빛깔의 면티였는데, 앞에는 펜촉의 이미지가, 등에는 '93 문예창작'이라는 글씨가 프린트되어 있었다. 체육복처럼 단순한 면티를 입었는데도 동기들은 푸릇푸릇하고 아름다웠다.

우조도 그 티를 입었다.

'아, 내가 이걸 입으려고 대학에 들어왔구나!'

그 티 덕인가, 우조는 나이와 결혼 유무의 경계가 허물어지는 느낌이었다.

"언니!"

언니? 맞아, 나는 이제 팔십 명의 동기들이 생겼어. 나는 동기들의 맏언니가 될 테야. 우조는 그렇게 다짐했다.

"제 이름은 경혜경이에요, 언니."

"……?"

"앞으로도 뒤로도 막힘없는 삶을 살라고 그렇게 지으셨대요. 우리 할아버지가요."

경혜경, 우조는 그 이름을 머릿속에 입력했다.

운동장으로 나갔다. 맨 앞에 과별로 팻말이 있었다. 유아교육과가 첫 번째고 문예창작과는 거의 끝에서 두 번째 정도에 있었다. 그것은 이 학교에 학과가 생긴 순서였다.

식이 시작되었다.

학장님의 인사 말씀에 이어 수석입학자가 소개되었다.

전체 수석은 유아교육과에서 나왔고 차석은 문예창작과에서 나왔는데 그가 바로 경혜경이었다. 재능 있고 머리가 좋은데 인성까지 갖춘 동기를 동생으로 둔 것이 우조는 선물을 받은 기분이었다.

이 대학의 유아교육과는 인기가 좋았다. 취직도 잘 될뿐더러 유치원의 정교사인 공무원으로 또는 사년제로 편입해서 교수로 풀리기도 했다.

만일 입학하기 전에 이런 정보를 알았더라면 우조는 유아교육과를 선택했을 것이다. 안전하게 밥벌이를 하면서 글을 쓴다면 글에 집중할 수 있을 텐데 싶었다. 그렇지만 이미 루비콘 강을 건너와 버려서 우조는 쓸 카드가 없었다.

식이 끝나고 과별로 모였다. 과 선배가 사회를 보았다.

"늦은 나이에 학교에 오게 된 동기, 문창과에 오게 된 계기, 그리고 앞으로의 포부에 대해 이야기 해보세요."

나이가 많다는 이유로 우조는 지목된 듯 했다. '늦은 나이' 라는 어휘가 우조의 심기를 불편하게 했다. 너는 앞으로 '건방'이야, 우조는 머릿속에 그렇게 입력해 두었다.

"앞으로 오년 안에, 제 이름 옆에 작품 제목이 실린 지면을 여러분이 볼 수 있도록 노력할 겁니다. 문창과에 들어온 동기는 스킵할게요."

"문창과에 들어온 동기를 말해 줄 것을 다시 요청합니다."

사회를 맡은 그 건방이 건방을 떨었다.

"창작집 서문의 '작가의 말'에 소개하려고 아껴 두고 싶습니다."

동기들이 박수 쳤고 건방은 일단 꼬리를 내렸다.

야간 행사가 있어서 다시 밖으로 모였다.

요란한 음악과 함께 폭죽이 터지며 밤하늘을 불꽃으로 수놓았다. 대형 스피커에서는 '난 알아요'가 울렸고 새내기들이 노래를 따라 떼창했다.

마이크 테스트를 하고 있는 사회자는 티브이 화면에 얼굴을 보이기 시작한 개그맨이었다. 그가 '아파트'를 응원가 버전으로 선창했다.

교수와 학생들이 다함께 일어서서 어깨를 걸고 리듬에 맞춰 노래를 불렀다.

"별빛이 흐르는 다리를 건너 으쌰라 으쌰, 으쌰라 으쌰!"

사회자는 마이크를 쥐고 노래를 부르다가 '으쌰라!' 부분에서는 마이크를 관중 쪽으로 돌렸고, 마이크가 넘어오면 관중들은 걷어차듯이 한쪽 다리를 치켜 올리며 '으쌰라 으쌰, 으쌰라 으쌰!'를 합창했다.

'아, 이걸 해볼 기회가 나에게도 오다니!'

우조는 가슴이 벅차올랐다.

'연고전' 야구 관람을 간 일이 있었다. 야구의 룰도 제대로 모르고 모병기가 가자고 해서 그냥 갔다가, 연대 고대 학생들이 스크럼을 짜고 응원가를 부르는 모습에서 우조는 심한 상처를 입었다. 금생에는 회복될 수 없는 상처라고 생각했었다.

"명문 00여대에 입학하게 된 것을 진심으로 환영합니다!"

이렇게 포문을 연 사회자가 자기소개를 했다. 미혼이라고, 앞으로 대성할 것이 분명하니까, 인생 보험 들어 둔다, 생각하고 자기에게 러브콜을 보내 달라고 너스레를 떨었다.

오픈 게임이라며 상품을 걸고 퀴즈도 냈다.

"화장실과 도서관의 공통점이 뭔지 아십니까?"

"둘 다 꼭 필요해요!"

"둘 다 도시에만 있어요."

사회자가 고개를 저었다.

그런 게 어디 있어, 이상하네. 시골에도 화장실이 있는데? 어쩌고 하며 웅성거렸다.

우조의 머릿속에 새로운 생각들이 일어났다.

창작이란 새로운 것을 찾아내거나 만들어 내는 게 아니라, 입력된 자료의 토대 위에 새로 들어오는 정보를 합쳐서 제삼의 것으로 출력하는 것. 또는 제삼의 것으로 만들기 위한 규칙의 집합들. 여러 단계의 유한 집합으로 구성되어 있으며, 각 단계는 하나 또는 그 이상의 연산을 필요로 하는 것.

번쩍거리는 불빛과 쿵쾅거리는 음악 속에서 우조는 노트도 없이 머릿속으로 논리의 지도를 그리느라 여념이 없었다,

사회자가 상품을 들어 올리며 말했다.

"아무래도 문창과에서 답이 나올 것 같은데 누구 없나요!"

높은 탑 위에 올라앉은 카메라 감독이 카메라를 문창과 쪽으로 돌렸고 대형 스크린에는 문창과 새내기들이 클로즈업 되었다. 그러자 학생들이 브이를 그리거나 머리를 귀 뒤로 넘기며 예쁜 척을 했다.

사회자가 마이크에 대고 '경혜경'을 호명했다. 아마도 경혜경이 차석으로 입학했다는 정보를 입수한 듯 했다. 경혜경에게 마이크가 전달되었다.

"혼자서 힘쓰고 닦는다."

이때 우조의 머리에 한 생각이 떠올랐다.

'혼자서 용쓰는 곳'

대학은 사회적인 관계성의 문화를 익혀가면서 자신의 자아를 형성해나가

야 하는 과정의 한 공간이며 부분이다. 우조는 그날의 일기에 이렇게 적었다.

개그맨이 답으로 인정하느냐 하지 않느냐는 이미 우조의 관심을 벗어났다.

상황이 벌어졌을 때 자신의 생각이 어떻게 반응하고 전개되고 결론에 도달하는가가 중요했다.

책 읽는 시간

첫 수업은 '시론' 이었다.

교수님이 한 학생을 호명하더니 칠판에 시를 적으라고 말했다. 호명된 아이는 앞으로 나가 거침없이 시를 적어 내려갔다. 가로쓰기가 아니고, 우에서 좌로, 세로쓰기로 칠판 하나 가득 산문시를 적고 끝에 본인 이름을 적었다. 그때까지 시를 써본 적이 없던 우조는, 이 과목에서 낙제하는 것 아닌가, 위축되었다.

수업을 모두 마치고 책가방을 챙기는데, 월부 책장사가 강의실로 들어왔다. 그는 『한국문학전집』 팸플릿을 보여주면서 책을 사라고 했다.

동기들이 콧방귀를 뀌며 떠들어댔다.

"이거 중학교 때 다 뗐는데?"

우조는 그때까지 그런 책의 책등도 읽지 못했었다.

불현듯 오리엔테이션 때 자신이 한 말이 떠올랐다.

"앞으로 오년 안에, 제 이름 옆에 작품 제목이 실린 지면을 여러분이 볼 수 있도록 노력할 겁니다."

"창작집 서문의 '작가의 말'에 상세히 소개하려고 아껴 두고 싶습니다."

93학번은 학력고사 마지막이고, 그다음 해부터 수능으로 개편되기 때문에 재수를 하지 않는 쪽으로 방향을 잡아서 입시 경쟁률이 높았으며, 우조와 동기들은 칠 대 일의 경쟁률을 치르고 입학한 거였다.

'젊은 애들은 순발력도 있고 뭐든 앞서가던데, 내가 주제 파악도 하지 못하고 나댄 것 같아.'

우조는 가슴이 답답해졌다.

도서관에 가면 읽을 책이 너무 많았다. 대출 제한 권수보다 많게 골라놓고 다시 골라서 제 자리에 꽂아 두기를 반복하곤 했는데, 함께 간 동기들은 "우리 학교는 책이 너무 없어."라고 하면서 책을 뒤적거리다가 나갔다. 극심한 자괴감에 빠진 우조는 스스로에게 말했다.

우조, 너는 우리 학교에서 책을 제일 조금 읽은 학생이야.

두 번째의 시론 시간이었다. 애송시를 외워 오라는 숙제를 내줬는데 우조는 딱히 좋아하는 시도 없고 해서 김소월의 「엄마야 누나야」를 발표했다. 그런데 동기들은 산문시를 줄줄 외웠으며 어떤 애들은 애송시가 두 편이라며 둘 다 발표하기도 했다. 우조는 그중에서 경혜경이 낭송한 김춘수의 「꽃」이 가장 인상 깊게 다가왔다.

'나는 우리 동기 중에 시를 가장 적게 외운 학생이구나.'

우조는 다시 한 번 자신이 얼마나 형편없는 학생인지를 자각했다.

우조는 김춘수의 시집을 빌려서 학교 뒷산으로 갔다. 그곳은 남산 중턱으로 이어졌는데 나무들이 많았으므로 산골 출신인 우조의 마음이 저절로 편안해졌다. 삼월의 나무들은 아직 잎을 틔우지 않았지만 우조는 그 나무들을 익히 알았고 김춘수 식으로 나무들의 이름을 불러보았다.

"소나무, 오리나무, 참나무, 싸리나무, 졸참나무, 상수리나무, 개암나무, 생강나무, 진달래, 철쭉, 산수유나무……."

이튿날도 그 이튿날도 또 그 이튿날도 남산에 올랐다.

아직 나뭇잎도 돋지 않고 꽃도 피지 않았는데 무얼 먹고 사는지 새들이 분주히 움직이고 있었다.

"콩새, 촉새, 참새, 검은 멧새, 뻐꾸기, 두견이, 꾀꼬리, 직박구리, 찌르레기, 까치, 까마귀."

큰 새들은 큰 나무에 띄엄띄엄 앉아서 큰 목소리로 울었으며, 작은 새들은 작은 열매가 달리는 키 작은 나무에 여러 마리가 모여서 울었다.

우조는 나물들이 땅에서 나오는 순서를 머릿속으로 상상해가며 그 이름을 호명해보았다.

"달래, 냉이, 씀바귀, 메, 꽃다지, 물냉이, 머위, 혼잎, 미나리아재비, 목두릅, 땅두릅, 미역취, 뚜깔, 개미취, 으아리, 삼입국화, 고사리, 전호, 딱총나무순……."

나물 다음으로 우조의 눈길을 끈 것은 남산에 피는 꽃들이었다.

우조가 남산에서 맨 처음 만난 꽃은 노란 산수유와 동백이었다. 그 꽃은 색깔뿐만 아니라 모양도 똑같았다. 그러나 동백은 향긋한 생강 냄새가 났기 때문에 쉽게 구분할 수 있었다.

"개나리, 진달래, 벚꽃, 철쭉, 노랑괭이밥, 제갈풀꽃, 왕원추리, 아카시아, 노루오줌, 개 맥문동, 미국자리공, 하늘 말라리 큰 까치수염, 으아리, 비비추, 딱

총나무 그리고 귀룽나무꽃."

오월엔 쉬는 날이 많아서 우조는 여러 날 만에 남산에 올랐다. 초록으로 물들어가는 그 숲속에 하얀 뭉게구름을 매단 것 같은, 이름을 '구름나무'라고 짓고 싶은 나무가 서 있었다. 그 나무가 있으므로 해서 주변의 초록은 더 초록다웠으며, 주변의 초록 덕분에 그 나무의 흰색은 순결하고 풍요로워 보였다. 흰 꽃잎이 지고 나면 그 나무는 온전히 초록으로 환원될 것이었다. 아름답고 경이로운 감동이 마중물이 되어, 우조의 머릿속에 시가 태어나도록 도와주었다.

하얀이 초록이 되고
초록이 나무가 되고
나무가 책이 되고
책이 구름이 되고

식물도감을 찾아 보니 그 나무는 '구룽나무'라는 이름을 갖고 있었다.

서양에서는 여름의 시작을 알리는 5월 1일을 메이데이 축제와 관련지어서 'Mayday tree'라고 하며, 그 열매를 새들이 좋아하는 먹이여서 'bird cherry'라고도 한다고 했다. 여름새들이 짝을 찾느라 목청을 가다듬고 세레나데를 부르는 숲속에서 우조는 팔을 베고 누워서 낯선 이름의 시인들을 호명했다.

"프랑시스잠, 윌리엄 워즈워드, 라이너 마리아 릴케, 아폴리네르, 브라우닝, 구르몽, 하인리히 하이네."

정신이 혼미할 정도로 향긋한 아카시아 향기가 떠돌다 사라지고 나자 남산은 이제 본격적으로 초록의 향연이 펼쳐졌다. 미풍이 불 때마다 계절의 향기가 실려 왔고 자연의 교향곡이 아름답게 울려 퍼졌다. 바야흐로 성하의 계절이 도래했고 남산은 새들의 세상이 된 것이었다. 세레나데를 불러 인연을 맺은 짝과 협동하여 둥지를 만들고 알을 낳아 제 식구를 늘렸을 새들의 사생활에 대해서 우조 말고도 관심 갖는 이가 있었는지, 점심시간이면 교내 방송에서 자주 송창식의 '새는'이라는 곡이 자주 방송을 탔다.

새는 노래하는 의미도 모르면서

자꾸만 노래를 한다

우조는 이 노래를 들으며 남산 숲에 엎드려, 기말 과제로 오정희의 「유년의 뜰」을 원고지에 필사했고, 기말 시험공부를 했다.

방학이 되었다. 그동안 메모해둔 식물들을 정리하면서 우조는 아주 특별한 것을 발견했다.

남산에서 식물들을 처음 만난 날을 정확하게 기록해 두었는데, 그것을 유심히 보니까, 나물은 낮은 곳에서부터 시작해서 높은 곳을 올라가는 특성이 있었다. 그러니까 달래부터 머위까지는 논 가까이에서 밭둑에 나고 흔잎 부터는 산에서 나며 나무가 클수록 나중에 잎이 난다는 사실을 알게 되었다. 우조는 무릎을 쳤다.

학문도 이처럼 낮은 곳에서부터 차분히 닦다 보면 저 높은 곳까지 오를 수가 있겠구나!

우조는 졸업했다.

윤슬도 이제 초등학교에 입학해서 손이 덜 갔으므로 본격적으로 책을 읽기로 했다.

한 기에 한 명씩 뽑아 특별히 도제 교육을 시켜준다며, 93학번 중에는 우조가 선정되었다고 해서 수업을 받으러 나갔다. 다섯 명의 선배들과 함께 소설

공부를 했고 다달이 한 편 씩 작품을 썼다. 그 중 두 편을 골라서 문예지에 투고했다.

당선자에게 연락을 한다고 했는데 우조에게는 연락이 오지 않았다.

그러던 한 날, 학교에서 돌아오는 윤슬이 카드 한 장을 들고 왔다.

빨갛고 예쁘게 생긴 축전은 두 달 전에 원고를 보낸 문예지에서 온 것이었으며, 당선을 축하한다는 문구가 쓰여 있었다. 우조는 눈물이 나왔고 입이 딱 벌어졌다.

"오……!"

"엄마, 왜 울어?"

"엄마가 드, 등단을 했어!"

"엄마, 엄마 나도 슬퍼……."

"그런 게 아니고 이건 기쁜 일이란다, 아들아. 엄마가 소설가가 됐어, 엄마가 꿈을 이뤘단다, 아들!"

윤슬이 큰절을 했다.

"엄마 소설가, 등단 축하드려요."

그러고는 다시 "엄마!" 하며 우조의 목을 껴안고 울었다.

"엄마!"

우조의 입에서 새어 나온 말이었다. 우조는 엄마가 보고 싶었다.

우조는 등단한 이듬해부터 문창과에서 소설론을 강의하는 시간 강사가 되었다.

신춘문예 철이 되자, 투고 원고를 봐달라며 우조의 집까지 찾아오는 열혈학생들이 생겼다. 예쁜 누나들이 케이크나 꽃을 들고 오면, 윤슬은 그 옆에 앉아있곤 했다.

윤슬은 봄이 무르익는 계절이면 학교 울타리에서 장미꽃을 꺾어왔고 가을이면 은행잎을 모아 왔다. 손을 뒤로 감춘 채, 볼을 발그레 물들이며 다소곳이 다가왔다.

"엄마 아!"

"음. 아들, 왜?"

"눈 감아봐."

우조가 눈을 감으면, "손 내밀어 봐!"라고 말했고, 그 위에 장미나 은행잎을 얹어 놓았다.

"울 아들이 엄마를 사랑하는구나. 고마워, 아주 많이. 그런데 다음부터는 이런 거 꺾어오지 마."

"왜에?"

"장미를 꺾을 때, 울 아들 손이 가시에 찔리잖아. 은행잎을 주울 때도 흙이 묻어서 울 아들 손이 더러워지잖아. 엄마는 울 아들이 아프거나 더러워지는 건 싫어."

윤슬이 5학년 때의 일이었다.

신춘문예 시즌이 돌아와서 집에는 늘 원고 다발이 있었고 전화 용건도 신춘문예와 관련한 이야기가 대부분이었다.

우조가 잠자리에 들었는데 윤슬이 들어왔다. 우조 곁을 파고들어 우조의 팔을 베면서 말했다.

"엄마, 나 열나, 아파."

이마를 만져보니 정말 열이 났다.

"엄마, 신춘문예 그거 나도 하고 싶어."

우조는 윤슬의 유약하고 감상적인 성격이 걱정되었다.

"신춘문예는 취미로 하는 게 아니야. 다시는 그런 말 하지 마, 알겠니!"

우조는 발본색원한다는 심정으로 강하게 말했다. 정색하고 다그치는 엄마의 서슬에 놀랐던지 윤슬이 대답했다.

"네에, 안 할게요."

성탄을 며칠 앞둔 일요일 아침이었다. 우조는 종강도 했겠다, 휴일이겠다, 늘어지게 늦잠을 자는데, 언제 들어왔는지, 윤슬이 창가에 서서 밖을 내다보며 훌쩍이고 있었다. 왜 저러나 싶어서, 우조는 일어나서 창밖을 내다보았다. 밤새 눈이 내렸던지, 일층 슬래브 지붕 위에는 눈이 두텁게 쌓여 있었다.

그곳에 새 발자국이 종종종 찍혀 있었는데 그 문양이 아주 인상적이었다.

윤슬이 그 지붕 위를 손가락으로 가리키며 말했다.

"저기 저 새들의 발자국 있잖아."

우조는 마른 침을 꼴깍 삼켰다.

"너무 이뻐."

"그런데? 이뻐서 뭐!"

"이뻐서 슬퍼. 엄마 미안해……."

우조는 이 애를 어떻게 키워야 하나, 겁이 났다.

은진미륵에서 파랑새를 보다

각혈하는 횟수와 양이 늘었기 때문에 우조는 종합검진을 받았다. 결과를 보러 가는 게 두려워서 싫다는 윤슬을, 백화점 가서 피자 사주겠다고 달래서 함께 갔다.

윤슬은 밖에 두고 진료실에 우조만 들어갔다.

의사가 사진을 보여주면서 설명했다.

"의심했던 대롭니다. 폐에 혹이 있어요."

아버지도 폐암으로 돌아가셨는데, 불행이 불행의 냄새를 맡고 찾아오는가 보구나, 우조는 절망스러웠다.

"진균종의 일종인데, 사이즈가 한 일점오 센티 될 것 같아요. 이겁니다."

강낭콩만 한 그 종양은 흡사 태아가 웅크리고 있는 것처럼 보였다.

"적출하면 좋긴 한데 폐에 손을 대는 건 많은 위험이 수반됩니다. 각혈을 하는 이유가 딱히 그것 때문이라고 단정 지을 수도 없고요. 육개월 후에 다시 검사를 해봅시다, 혹이 커지는지……."

"각혈을 어느 정도 하면 위험한 걸까요? 지금은 티스푼으로 하나 정도 되게 나오거든요."

"글쎄요, 기도를 막으면 위험하니까…… 숨쉬기 불편하면 오세요."

진료실을 나오는데 현기증이 일었다. 윤슬 옆으로 가서 있자니, 눈물이 나왔다. 윤슬은 우조를 무심하게 쳐다보기만 했다. 아이 보는 데서 내가 너무 울어서 저러는구나 싶긴 했지만 왜 우는지에 대해 그날만은 이해받고 싶었다.

"엄마 가슴 속에 혹이 생겼대. 그래서 엄만 지금 너무 슬프고 무서워."

윤슬의 낯빛이 어두워져서 토닥여 주고는 택시를 타기 위해 승강장 쪽으로 갔다. 윤슬이 손을 뿌리치며 제 자리에 섰다.

"왜?"

"피자."

윤슬은 병원 볼일을 마치고 나면 백화점에 가서 피자도 먹고 구경도 하고 그럴 줄 알았던 모양이었다.

"엄마가 너무 피곤해. 집에 가서 시켜줄게."

윤슬이 고개를 저었다. 우조는 아이 팔을 붙잡고 엉덩이를 때려주었다. 아무리 어려도 엄마가 아프다는데 어떻게 먹을 궁리만 하나, 야속했다. 한편으로는 이렇게 철없는 자식을 두고 죽을 수도 있다는 생각에 아이가 가엽기도 했다.

아버지가 폐암 말기 통고를 받았을 때가 생각났다.

아버지가 입원하게 되었고 우조는 애가 타서 뭐든 잘해드리고 싶었다. 그러나 모병기는 병원에 면회도 가지 않고 강 건너 불구경하듯 했다. 흉을 덮어주고 경제적으로도 도와주고 맏사위의 구실을 할 수 있도록 구메구메 살펴준 장인에게 어떻게 그럴 수 있는지 우조는 너무 속상했다. 우조는 앓아누웠고 이틀이나 밥을 해주지 않게 되었다.

"너 지금 나한테 시위하냐? 네 아버지 아픈 게 내 잘못이냐고!"

제대로 반격도 하지 못하고 속을 끓이던 끝에 우조는 모병기가 보는 앞에서 피를 흘렸다.

"네 성질이 못돼 처먹어서 그래. 벌 받은 거라고, 알아!"

"벌레만도 못한 새끼. 징그러운 새끼."

"이게 완전히 맛탱이가 갔구만."

"그래, 나 미쳤다. 배은망덕도 유분수지, 어떻게 우리 아버지한테 그럴 수가 있어, 이러려고 그렇게 죽자 사자 쫓아다녔냐? 이 찰거머리 같은 새끼야. 더는 못 참아, 당장 이혼해. 우리 아버지 눈에서 눈물이 나는 걸 보니, 내 눈에서 피눈물이 난다, 이 웬수 새끼야."

우조가 그런 상황에 처해 있을 때, 병이 아주 깊어지면 못 올지도 모른다며 아버지가 오셨다. 우조는 폐에 혹이 있다는 것과 사실은 모병기가 너무 힘들게 해서 이혼을 생각하고 있다고 말했다. 그 얘기를 하지 않으면 아버지가, 기다릴 것 같아서 차라리 상황을 말씀드렸다.

"같이 내려가자."

"윤슬이는 어떡하고요."

아버지가 한숨을 쉬었다.

아버지는 예전에 우조를 결혼시키기 위해 예식장을 보러 왔을 때도 한 번 그런 말을 했었다.

"니가 이렇게 몸이 안 좋아질 줄 알았더라면 그때 데려갔어야 했는데……."

"다 제가 처신을 잘못해서 그래요. 그렇지만 저는 살면서 늘 그날을 생각했어요. 나는 정 힘들면 아버지한테로 간다, 이렇게요. 그랬는데, 폐암이라니, 이게 뭐예요, 난 이제 누굴 의지하고 살라고……."

아버지는 결국 돌아가셨다. 이제 우조는 아버지도 잃고 돌아갈 곳도 잃었다.

몸이 극도로 나빠졌다. 병원에서는 급할 때 먹으라고 지혈제만 처방해주면서, 스트레스를 받지 말고 간접흡연도 해로우니 조심하라고 했다. 새로울 것도 없는, 이미 모병기도 알고 있는 얘기였다.

모병기는 아침에 대변을 보면서 습관적으로 담배를 피웠다. 우조는 의사에게 들은 말을 다시 옮기며 제발 담배를 끊어달라고 부탁했다.

"마누라를 바꾸면 바꿨지 담배는 못 끊어."

"좋아요, 그럼 마누라를 바꿔서 살아요. 나도 화장실에서 담배 피우는 남편과는 더 이상 살고 싶지 않으니 얘기 끝났네요. 이혼할 때까지, 아침 첫 담배만이라도 밖에 나가서 피워요."

"그게 말이야, 막걸리야? 아침에 똥 누면서 첫 담배 피는 게 얼마나 기분 좋은데, 내 집 두고 내가 왜 밖에 나가서 담배를 피우냐고!"

사춘기나 지나면 하려고 참았었는데 결국 윤슬이 중3 겨울 방학 때 이혼을 하게 되었다.

각자 집을 구해야 했다.

"윤슬은 이 동네서 태어났고 친구들도 모두 이 동네에 있어요. 우리가 이 동네서 살게 해줘요."

"나도 이 동네가 제이의 고향이나 마찬가지야. 그리고 너희는 둘이지만 나는 혼자잖아, 너희가 다른 데로 가."

"먹고 살려고 그래요. 과외하는 애들도 다 이 동네 애들이고, 부모들도 내가 잘 가르친다고 다 인정해주잖아요. 양육비도 대주지 않겠다면서 그것도 양보 못 해요?"

"양육비 같은 소리 하고 자빠졌네. 능력 없으면 지금이라도 이혼 취소해."

우조는 윤슬을 데리고 방 두 칸짜리 전셋집을 구해서 다른 동네로 이사했다. 늘 이혼을 꿈꾸고는 있었지만 멍청하게도 비상금 같은 건 단돈 백만 원도 마련해놓지 못했다.

어떻게든 살아내야 했다.

글공부를 함께 해온 동문들에게 이혼 사실을 알렸다. 일자리나 일거리가 있으면 연결해 달라고 부탁하고 전화번호와 주소를 공개했다.

이사 간 동네에 돌아다니며 과외지도 한다고 써 붙였다. 전화가 오긴했는데, 최종학력과 학과를 물었다. 우조는 붙여놓은 전단지를 모두 수거해 왔다.

경혜경에게서 엽서가 왔다. 방송국의 구성작가로 취직을 했다는 근황과 함께 말미에 이렇게 적혀 있었다.

"언니, 이혼 축하해. 언니에게 곧 파랑새가 날아올 거야, 기다려!"

*

경혜경이, 우조와 함께 도제 교육을 받은 선배와 함께 우조의 집을 찾아왔다. 그들은 쌀 40킬로와 달걀 한 판 그리고 사과 한 상자를 들고 왔다.

"빈집에 황소 들어왔네."

"황소만 들여놓으면 되나, 쟁기도 있어야 밭을 갈지."

우조의 말을 받으며 선배가 상자를 내놓았다. 풀어보니 우조의 명함이었다.

'소설가, 우조' 그리고 전화번호가 적혀 있을 뿐인데, 흑색으로 된 원고지 이미지는 아주 단아하고 기품이 있어 보였다.

"명함이 현금이지. 일할 땐 사회적인 입지가 중요하니까."

선배는 또 한 장의 명함을 내밀며 말했다.

"내가 잘 말해놨으니까, 이쪽으로 연락해봐. 자서전 자기계발서 등을 내는 출판산데 일거리가 있을 거야. 아니다, 쇠뿔도 단김에 빼랬다고 지금 전화해봐야겠어."

선배가 출판사로 연락해서 우조를 바꿔주었다.

간단한 이력서를 갖고 출판사로 나와 달라고 했다.

우조는 이튿날 출판사로 갔는데, 의뢰인도 나와 있었다. 출판사에서 주도적으로 일을 진행했다.

우조는 등단 작가지만 출간한 작품집이 없을뿐더러, 이 계통에 처음 발을 들여놓기 때문에 대필료는 B급 선에서 계약이 성사되었으며 의뢰인은 그 자리에서, 대학 노트 두 권 분량의 원고를 우조에게 주었다.

우조는 그 노트를 읽어가면서 질문서를 작성해서 의뢰인에게 발송한 다음 만나서 녹취를 땄다. 계약 기한보다 원고가 일찍 마무리되었다. 기본 원고가 있었으므로 일이 일사천리로 진행된 것이었다.

두 번째 일감이 들어왔다. 역사가 오래된 교회의 교회사를 정리하는 일이었다. 교회 문화라든가 종교적인 부분은 편집부에서 도와주어서 무리 없이 기한 안에 마쳤다.

일이 꾸준히 들어와서 이 년 만에 열다섯 권을 대필했다. 써 놓은 글이 마음에 들지 않는다고 퇴짜를 놓은 경우, 상식을 벗어나는 이야기를 고집하는 경우 그리고 계약금과 중도금을 차일피일 미루다가, 책을 내고도 대필료를 떼어먹은 경우가 있었다. 그런 일감은 처음부터 나쁜 기미가 보였지만 우조는 돈이 급해서 덥석 물었다가 그야말로 뜨거운 맛을 보면서 이 계통에서 베

테랑이 되었고 이제 일감을 선별해서 받기로 했다.

*

이번엔 느낌이 좋았다.

환갑이 넘은 여성분인데 여장부 같은 풍채 하며 배포와 결단력이 있는 이면에 어딘지 모르게 서정적인 면도 보였다.

명함에는 '금나라 중·고등학교 이사장'이라고 적혀 있었다.

계약은 쉽게 성사되었으며, 이사장은 명함을 한 장 더 테이블에 올려놓았다.

단순하게 '금나라 빌딩' 그리고 그 밑에 주소가 적혀 있었다.

이사장이 그 명함을 턱짓으로 가리키며 말했다.

"주로 논현동에 있으니 인터뷰는 이쪽에서 합시다. 학교 얘기가 진행되면 그땐 학교로 오시고."

우조는 녹음기를 챙겨들고 논현동으로 갔다.

빌딩 입구의 경비실에서 용무를 묻는 경비에게 명함을 주었다. 경비가 콜벨을 눌러 "이사장님, 작가님 오셨습니다." 라고 했다.

"칠층 칠호실로 올라가시면 됩니다."

'칠층에 칠호실? 무슨 모텔도 아니고'

우조는 속으로 이런 생각을 하며 칠층으로 올라가 칠호실 앞에서 노크를 했다.

문을 열고 들어가자, 모텔의 입구에 있을 법한 쪽문이 열리더니 고불거리는 파마머리를 한 아줌마가 얼굴만 내밀고는 어떻게 오셨냐, 물었고, 그와 동

시에 안쪽에서,

"선생님 모시고 와요, 아줌마!"

하는 소리가 났다.

아줌마가 방에서 나와 우조를 이사장 방으로 안내 했다.

그곳엔 위풍당당한 인물 사진을 담은 액자가 벽면에 즐비했다. 우조는 그것과 매우 흡사한 광경을 본 적이 있었다.

동생, 승기가 소령으로 임관했을 때, 식구들이 모였다. 우조는 그때 금 한 냥짜리 행운의 열쇠를 선물했는데, 승기가 자기 부대를 견학시켜 주었다.

사단장이 퇴근하자, 여섯 명의 병사가 두 줄로 세 명씩 게양대로 갔고, 사단장 기가 서서히 내려왔다. 그들이 그 기를 파일 크기만 하게 착, 착 접어서 국기 함에 넣어 옆구리에 끼고 다시 절도 있게 걸어서 건물 안으로 들어갔다.

승기는 우조를 데리고 몰래 사단장실 구경도 시켜 주었다. 벽면에 그 사단에 근무했던 역대의 사단장들 사진이 죽 걸려있었으며 그 사진 속에는 전직 대통령의 사진도 걸려있었다.

이사장은 여러 개의 사업체를 갖고 있었으며 액자 속의 인물들은 그 사업체의 장들이었다.

군복 입은 사람들은 그 군복을 벗으면 그날부로 권위가 종료될 테고, 사업체의 장들은 퇴사하는 날로부터 모든 직위에서 해제될 것이다.

그런 생각을 하자, 우조는 액자 속의 인물들이 만화영화에 나오는 캐릭터처럼 비현실적으로 보였다.

아줌마가 홍삼 진액과 쌍화차를 가져다 놓았다.

이사장이 쌍화차 잔을 가져가면서, "들어요, 몸에 좋으니까." 라고 해서 우조는 홍삼 진액을 마셨다.

이사장이 우조도 볼 수 있도록 노트를 펼쳤다.

'태어났을 때', '초등학교 다닐 때', '은진미륵으로 소풍 갔을 때'

이렇게 적혀 있었다.

인터뷰가 시작되었다.

칠남매 중 맏이로 태어났으며 초등학교 저학년 때 공부를 잘했다는 데까지 녹취가 진행되었고, 아줌마가 과일을 가져와서 잠깐 쉰 다음 녹취를 이어갔다.

삼학년 때 은진미륵으로 소풍을 갔어요. 점심을 먹으러 나무 밑으로 갔는데 나는 은진미륵으로 갔어요. 밥을 못 싸갔기 때문에 갈 데가 없었거든요. 애들이 막 손짓을 했어요. 같이 먹자는 건지, 이따가 놀고 밥을 먹으라는 건지, 알 수 없어서 나는 계속 은진미륵을 돌았어요. 나는 다리에 힘이 풀리고 기절할 것처럼 배가 고파서 빌었어요.

"배가 너무 고파요. 죽을 거 같아요. 배고프지 않게 해주세요."

그날 집에 갔는데 엄마는 저녁밥도 해놓지 않았어요.

"지긋지긋한 이 가난을 언제쯤 면할 수 있을지…… 논 한 마지기만 있어도 이렇게 굶지는 않을 텐데. 우리 식구 그냥 농약 먹고 죄다 죽어버릴까……."

그렇게 말하는 엄마가 너무 무서웠어요.

"엄마 그러지 마요, 무서워요."

"나는 밥 달라고 떼쓰는 니들이 더 무섭다."

우리 형제들은 서로 부둥켜안고 울었어요. 너무 무서웠거든요. 그때 나는 이를 악물었어요. 어떻게 해서든지 내가 엄마한테 논을 사주고 말 테다.

아이들이 가져온 김밥과 떡을 먹으면서도 배가 고파 울고 있는 제 반 아이를 챙길 줄 모르는 그런 선생 밑에서 공부하고 싶지 않아서 학교에 가지 않았어요. 집에서도 왜 학교에 가지 않느냐고 챙겨 주지 않아서 그냥 자연스럽게 집안일을 거들었어요. 아버지는 병들어서 누워 있고 엄마는 품을 팔러 나가서 할 일이 많았거든요.

집안일은 힘들지 않았어요. 그런데 끼니때가 되어도 쌀이 없어서 밥을 할 수가 없을 땐 정말 난감했어요.

혼자서 은진미륵에 찾아갔어요. 탑을 돌면서, 돈 벌어서 우리 집에 논을 사 줄 수 있게 나 좀 빨리 크게 해달라고 빌었어요. 그 소원이 반은 이뤄졌어요. 친척 집에 애보개로 갔으니까. 돈은 벌 수 없었지만, 밥과 옷을 해결할 수 있었거든요. 내 나이 열 살 때의 일이었어요.

여기까지 녹취하는 동안 이사장은 자기 의자 뒤에 걸쳐 두었던 수건 한 장이 흥건하도록 울었고 우조도 손수건이 다 젖어서 티슈를 연신 풀어대며 울었다.

"우조 선생, 아버님은 뭐하시는 분이세요?"

"돌쨍이요. 사람들은 석수장이라고 하지요. 지금은 돌아가셨고요."

이사장이 가만히 고개를 끄덕였다.

일을 마치고 점심을 먹으러 가기 위해 엘리베이터를 탔다.

"고등어 알레르기 같은 건 없지요?"

"네."

그렇게 대답하면서 우조의 손이 저절로 입술을 만졌다. 모병기를 만나기 전에는 고등어든 뭐든 알레르기를 일으킨 적이 없었다. 어쩌면 고등어가 문제가 아니라, 모병기가 좋아하는 것에 대한 반작용으로 두드러기가 났을 수도 있겠다 싶었다. 그러나 대답을 할 땐 그런 계산 없이 그냥 "네."가 튀어나온 것이다.

건물 입구에 나오자 신형 벤츠에서 기사가 나와, 차 문을 열어주었다. 차는 신사동의 어느 횟집 주차장에 섰다. 간판을 보니 '금나라 횟집'이었다.

횟집에 들어가자, 주인으로 보이는 정장 입은 사람과 서빙 하는 아가씨가 입구에서 문을 열어주었다.

"이사장님 나오셨습니까?"

손을 뻗어 안내를 하고는 뒤로 물러났다. 이사장은 앞만 보고 똑바로 걸어서 방으로 들어갔고 우조도 따라 들어갔다. 테이블은 이미 세팅이 되어 있었다. 자리에 앉자, 고등어 회가 나왔고 우조는 이사장과 템포를 맞추며 무난하게 고등어 회를 먹는 임무를 완수했다.

이사장은 택시 타고 가라며 봉투 하나를 밀어줬다.

윤슬에게 초밥을 먹여주고 싶어서 근처 백화점으로 갔다. 윤슬의 운동화를 한 켤레 산 다음 회 초밥을 샀다.

두 번째 미팅을 하러 갔다.

"지난번에 택시는 금방 잡았나요? 차는 막히지 않았고?"

"지하철 타고 갔습니다."

이사장은 아무 말이 없었다.

"제 아들애가 회 초밥을 좋아해서…… 회 초밥도 사고 아들 운동화도 한 켤레 샀어요."

우조는 고맙다는 표시를 이렇게 우회적으로 말했다. 이사장이 다정한 눈빛으로 말했다.

"우리는 좋은 친구가 될 것 같네요."

이사장이 노트를 펼쳤다.

'성수동 시절' 'YH 사건' '안산 시절' '금탑 산업훈장'

이런 페이지를 열었다. 성수동에서 가죽 공장을 해서 돈 번 얘기와 기숙사에서 여공이 연탄가스 마시고 숨져서 경찰서에 불려간 일들을 풀어놓았다.

일이 끝나고 이번에는 '금나라 숯불 갈빗집'으로 가서 갈비를 먹었다. 식당 입구에서 종업원이 숯불갈비를 담은 종이 백을 들고 서 있었다. 이사장이 고갯짓으로 우조를 가리키자 종업원이 우조에게 그 종이 백을 주었다.

이사장은 논현동에서 내렸고 우조는 그 차로 집에 왔다. 금나라 횟집과 숯불 갈빗집도 이사장 건물이라는 것을 기사를 통해 들었다.

한동안 연락이 없다가 연락이 와서 세 번째 미팅을 하러 논현동으로 갔는데, 분위기가 그전과 달랐다.

이사장은 유방암을 구 년째 앓고 있는데 다른 장기로 퍼졌다고, 그걸 치료하러 미국에 간다고, 어쩌면 책을 못 낼 수도 있다고 했다.

우조는 좋은 친구를 잃고 싶지 않았으므로, 풍자 씨 얘기를 해줬다. 오진일 수도 있다, 원고를 정리하면서 기다리겠다, 고 말했다.

"내 주변에도 작가가 세 명이나 있다오. 우리 학교에 두 명, 회사 직원 중에 한 명. 똑똑하긴 한데 그들에게는 측은지심이 없어요. 따뜻한 가슴이 있어야, 지식을 지혜로 풀어낼 수 있다고 봐요. 우조 작가님과 잘 해보고 싶었는데, 아무래도 우리 인연은 여기까지인 것 같아요."

이사장이 명함을 한 장 주었다. 직함은 없고 여자 이름만 적혀 있었다.

"날 믿고 계약해요. 돈은 많은데 소금보다 더 짜니 대필료를 내 경우보다 두 배로 받으세요."

이사장이 봉투를 내놓았다.

"이걸로 재킷을 한 벌 사 입어요. 자고로, 여자란 옷을 잘 입으면 걸음이 잘 걸리고 남자는 지갑에 돈이 있어야 말이 잘 나오는 법이라오."

이사장이 마른침을 삼켰다.

"만일 한 달 후에도 내가 연락하지 않으면 미안하오만…… 우리의 계약은 그 시점에서 종결짓는 것으로 합시다."

"지금까지 정리한 원고는 어떻게 할까요?"

고마운 마음과 아쉬운 마음이 뒤섞였지만 일은 매듭을 지어야 했다.

"내 얘기는 아직 십 분의 일도 꺼내지 않았다오. 감방 갔던 얘기, 국회의원이나 공무원에게 당한 얘기……. 죽은 사람한테 그게 무슨 의미가 있겠소. 지금까지 녹취한 부분에서 우조 작가님이 따다 쓰고 싶으면 쓰구랴. 특히 은진미륵 이야기는 정말 남기고 싶었는데…… 그때, 내가 울고 있을 때 숲속에서 파랑새가 울었는데……."

우조는 치킨을 한 마리 샀다. 돈이 생기면, 그 돈을 헐어서 윤슬이 좋아하는 걸 먹여주는 것은 일종의 의식처럼 굳어졌다. 둥지에서 입을 벌리고 어미를 기다리는 어린 새의 먹이를 구하기 위해서 고군분투하고 있다는 걸 스스로에게 주입 시키는 행동이기도 했다.

집에 들어가니 윤슬이 눈도 제대로 맞추지 않고 치킨 봉투를 받았다. 바닥에 앉아 신문지를 펼쳐 놓고 그 위에 치킨 상자를 올려놓았다. 모병기의 모습이 클로즈업되었다. 모병기는 삼겹살이나 치킨을 먹을 때면 꼭 방바닥에 신문을 펼치고 그 위에 음식을 올려놓고 먹었다. 윤슬이 닭다리를 하나 찢어서 뜯어먹었다. 치킨을 시켜도, 백숙을 통째로 식탁에 올려놓아도 모병기는 닭다리를 한 개 찢어서 윤슬에게 주고 나머지 한 개는 자기 접시에 놓고 뜯어먹었다. 닭다리를 쟁취한 사람끼리의 시선을 공중에서 얽혀가며 흐흐 웃었다. 모병기의 입술은 돼지의 그것처럼 두껍고 천하게 생겼다. 닭기름이 번들거리는 윤슬의 입술이 점점 제 아빠를 닮아가는 것 같았다. 윤슬이 두 번째 닭다리에 손을 댔다.

"이건 엄마 몫이야."

우조가 포크로 닭다리를 눌렀다. 그리고 포크에 찍힌 닭다리를 윤슬에게 주며 말했다.

"엄마 드세요, 해봐."

"드세요."

"다시!"

"엄마 드세요."

우조는 포크를 들지 않고 일어났다.

빈 봉투에 '은진미륵에서 파랑새를 보다'라고 적어서 대필 계약서를 모아 둔 서류철에 꽂아 두었다.

백설기

입시를 앞둔 윤슬의 면담을 위해 우조는 윤슬의 담임을 만나러 학교에 갔다.

윤슬의 담임이 우조에게 인사말을 했다.

"작가 선생님을 뵙게 되어 영광입니다."

이런 인사를 받으려면 적어도 검색창에 이름을 치면 얼굴과 함께 저자 약력이 줄줄이 뜨면서 그 밑에 대표작과 그 대표작에 부수적으로 딸려오는 화면이 뒤따른다는 걸 모를 리 없을 텐데, 영광이라니. 우조는 펀치를 맞은 기분이었으므로 대응하지 않았다.

"저는 처음에 모윤슬이 여학생인 줄 알았어요."

모윤숙 시인이 연상되지 않느냐, 그 시인처럼 유명한 시인으로 만들고 싶어서 그랬느냐, 까지도 확장되는 발언이었으나, 여학생인 줄 알았다, 로 질문의 외연만 보기로 하고 우조는 고개를 끄덕거렸다.

"윤슬은 문창과로 굳혔는데 어머님도 알고 계셨지요?"

"아뇨!"

"모윤슬은 우리 학교에서 이미 시인으로 유명해요. 어머님이 소설가시니까요."

윤슬은 고2때 교내 백일장에서 '산'이라는 시를 써서 장원을 했다. 그 일로, 학교대표로 뽑혀 전국 고등학생 백일장에 참가해 가작을 받았다. 윤슬이 우쭐해서 문창과 간다고 할까 봐 우조는 못을 박아두었다.

"혹시라도 문창과 갈 생각은 하지 마라. 교대나 사관학교나 아니면 네가 가고 싶은 과를 가서 학사 장교라도 해서 등록금을 해결해, 알았어?"

그때 분명히 윤슬이 그러겠다고 대답했다.

아무래도 담임이 아이를 부추기는 것만 같았다.

"우리 반에 트리오가 있는데 둘은 이미 수시에 붙었고 윤슬도 따 놓은 당상이나 마찬가지예요. D대는 서울에 있고, K대와 J대는 문창과가 둘 다 지방에 있고, 둘 다 가군이라서 겹쳐요. 정리하자면, 서울에 있는 D대냐 아니면 K대와 J대냐, 이 셋 중에 한 군데를 결정해야 해요, 어머님."

"그건 선생님 생각이시고요, 저는 생각이 다릅니다."

"모윤슬은 이미 문창과로 정했습니다. 어느 대학을 갈 것인지 그걸 정해 주십사, 하고 오늘 제가 어머님을 뵙자고 한 겁니다. 언짢으셨겠지만 이게 팩트이니 용서하세요."

언짢은 정도가 아니라, 이건 숫제 입에 재갈을 물린 거나 마찬가지였다.

'이 담탱이 완전 선수구나!'

우조는 심히 불쾌했다.

담임이 시계를 보면서 물었다.

"바쁘지 않으시면 저녁 식사하시겠어요? 아니면 차라도……."

"아니요, 선약이 있어서요. 말씀 감사합니다."

"알겠습니다."

담임이 정중하게 악수를 청했고 우조는 그 손을 잡았다. 그렇지만 그냥 인사치레일 뿐 담임과 화해를 한 것은 아니었다.

윤슬이 원래 배정받은 학교는 잠실 쪽에 있는 공립학교였다. 여섯 시만 되면 교사들은 칼 퇴근을 하고 야자도 없었다. 근처 입시 학원에 다니자니 그 비용을 감당할 수 없어서 사대부고로 전학을 시켰다.

입시 전까지는 비교적 잘한 선택이라고 판단했었다.

윤슬의 학교는 대학 캠퍼스 안에 있었으므로 점심시간에는 대학 구내식당의 학식을 사 먹을 수가 있었고, 야자 시간에는 그 대학 고학년들이 교실 복도에 책상을 놓고 개인 지도도 해주는 등 부속고등학교로서의 혜택을 누릴 수가 있었다.

담임이 사립학교에서 살아남으려면 전략이 필요했을 수도, 애들이 얼마나 행복할지에 대해서보다는, 일류 대학에 몇 명을 보내느냐 하는 과제를 수행하고 고과 점수를 획득하려는 데에 목적이 있을 수도 있겠다 싶었다.

어떻게 하는 것이 윤슬을 위한 길인가, 우조는 생각을 정리하기 위해 대학 캠퍼스로 들어가 등나무 벤치에 앉았다. 바람이 불 때마다 낙엽이 지고 있었다.

'낙엽이 지는 때를 기다려 기도하게 하소서' 하는 시구가 생각났다.

그동안 성적 오르게 해주십사, 본인이 원하는 대학 원하는 과에 붙게 해주십사 하고 빌었는데 다 허사란 말인가, 우조는 한숨만 나왔다.

법대 건물이 눈에 들어왔다. 솜씨 좋은 설치미술가가 붙여놓기라도 한 양, 가을 물이 짙게 물든 담쟁이덩굴이 건물 벽을 타고 올라가고 있었다.

법대를 가도 좋겠는데…… 칫, 담임 제깟 게 윤슬을 알면 얼마나 안다고.

윤슬은 감수성이 유리알보다도 더 말갛고 투명해서 아주 작은 일에도 상처받는다. 그릇되거나 탁한 걸 참지 못한다. 그건 착한 것 하고는 다르다. 야박하게 말해서, 병적인 증후군에 가깝다. 게다가 지구력이 약해서 책상에 오래 붙어 있지도 못한다.

윤슬이 초등학교 때, 일일시험지도 밀리는 법 없이 꼬박꼬박했고 학교 성적도 상위권에 속했으므로 성실한 모범생이려니 했다. 초등학교를 졸업하고 그동안 썼던 교과서와 노트를 버리려고 내놓은 무더기 속에 완전 새것처럼 보이는 노트가 있었다. 그것을 펼쳐보니 첫 페이지만 쓰고 나머지는 완전 새것 그대로였다.

우조는 윤슬을 데리고 문구점에 가서 연습장을 여러 권 샀다.

"이제부터 영어든 수학이든 눈으로 풀지 말고 손으로 풀어."

그러자 윤슬이 반박하고 나섰다.

"난 작가가 될 거예요. 문창과 갈 거예요. 영어 수학보다 책을 많이 읽을 거라고요."

"감수성이 예민하다는 것을 재능으로 착각하지 마. 책을 많이 읽는다고 작가가 되는 것도 아니야. 작가가 되기 위해서는 노력하는 손이 있어야 하는 거야. 착상이 떠오르면 밥을 먹다가도, 놀다가도 메모를 해놓아야 해. 착상이란 빛의 속도보다도 빠르게 머리에 스쳤다가 없어지니까. 그리고 균형감각과 합리적 이성과 논리적 추론을 기르기 위해서 꾸준히 일기를 써야 해. 넌 일기 쓰는 거 아주 싫어하잖아."

윤슬이 근심 가득한 얼굴을 했다.

"어때? 언제 어디서고 메모를 할 거야? 오늘부터 매일 일기 쓸 거야? 문창과 갈 거냐고."

윤슬이 고개를 저으며 단호하게 대답했다.

"아니."

"작가가 되는 일은 보통 직업을 갖는 것과는 차원이 달라. 돈에도, 남의 시선에도 초연해야 돼. 스스로 엄하게 규칙을 정해놓고 그걸 지켜나가야 해. 종교적인 범주에까지 가야 한다고. 왜 그 어려운 길을 가려고 하니."

"문창과 안 갈 거야."

중학교에 올라간 윤슬은 삼 년 동안 일기를 쓰는 일도 없었고, 교내 백일장에서 상을 타 온 적도 없었다.

그러던 아이인데……. 돌이켜 생각해보니 윤슬은 부모가 이혼하면서부터 심경의 변화를 겪은 것 같았다.

고등학교에 올라가서면서부터 책꽂이의 시집 줄이 헐렁해져서 찾아보면 윤슬의 방에 있었고, 학교 도서관에서 빌려온 시집도 자주 눈에 띄었다. 이 학년 때, 교내 백일장때 쓴 시의 제목이 '산'이었다. 산은 자연의 산山과 자기 아버지를 나타내는 중의적인 표현을 내포하고 있었다. 윤슬은 아마도 아빠를 버리고 엄마를 선택한 것에 대해 자책하고 있을지도 모른다고, 그래서 상처에 소금을 뿌리는 심정으로 글을 쓰기로 했는지도 모른다고 우조는 짚었다. 이렇게 놓고 볼 때, 담임이 더 윤슬을 이해하고 이끌어주고 있는 건 아닌지, 우조는 혼란스러웠다.

만추의 찬바람이 호이호이 새 울음소릴 내며 몰아칠 때마다 나뭇잎이 떨어졌다. 낙엽이 떨어져 우조의 어깨에, 무릎에 내려앉았고 더러는 연못 위에 앉았다가 물속으로 가라앉았다. 팔랑거리는 낙엽은 슬픈 사연을 지닌 작은 새가 정처를 잃고 이리저리 헤매는 것 같았다.

어느새 깜깜한 어둠이 사위를 감싸며 법대 건물의 아름다운 풍경을 먹어치웠다.

연못 옆 건물에 불이 켜졌다. 연못 안에도 그와 똑같은 쌍둥이 건물에 불빛이 비쳤다. 데칼코마니 같아서 어느 것이 실체이고 어느 것이 그림자인지 구분이 되지 않았다.

윤슬이 야자를 마치고 귀가할 시간이 되었다. 우조가 지름길로 해서 집에 들어가서 막 숨을 돌리는데, 윤슬이 들어왔다.

"담임 만났다."

"어."

"뭐래?"

"뭐가?"

"너네 담임이 뭐라고 하더냐고. 엄마를 만났으니까, 너한테 뭐라고 얘기를 했을 거 아냐."

"별로."

우조는 담임에 대해 모멸감이 들었다. 낮에 만났을 때 분명히 '영광입니다'고 말했으니 그게 진심이었다면 윤슬에게 학부모와의 면담에 대한 피드백을 전해줘야 하는 것 아니냔 말이다.

그건 그렇고, 윤슬은 수능이라는 고단한 지점을 통과하고 있었으므로 응원해주고 싶어졌다. 백설기를 좋아하는 윤슬을 위해 떡집에서 떡을 맞췄다. 반 아이들이 한 개씩 먹을 수 있도록 개별 포장을 하고 교사들 몫으로는 크게 세 덩이를 따로 맞췄다. 그리고 박스에 '수능 대박!'이라고 써서 배달시켰다.

야자 끝나고 학교에서 돌아온 윤슬은 신발을 벗기 무섭게 제 방으로 들어가서 불부터 껐다. 백설기를 나눠줘서 반 아이들과 함께 잘 먹었다든지, 담임이 어머니께 감사하다고 전해드리라고 빈말 인사라도 있었을 텐데 아무 말이 없는 거였다.

어디서부터 꼬여버렸는지……. 새 발자국을 보고 너무 아름다워서 슬프다고 울던 아이가 저 애 맞나? 사람이 어떻게 저렇게 변할 수가 있을까. 우조는 속이 상했다.

윤슬은 지방에 있는 K대학교 미디어문예창작과에 가게 되었다. 다른 과를 간다면 서울에 있는 대학에 갈 수 있었지만, 기어코 문창과를 가겠다고 해서 그렇게 결정을 보았다.

축하 전화가 윤슬과 우조에게 왔다.

"부럽다, 언니."

"아들 잘 두었네. 우리나라에도 드디어 노벨문학상 수상자가 나오는 건가?" 하는 덕담을 들을 때 우조는 잠깐 몽롱해지기도 했다.

윤슬과 함께 외식을 하고 대학 캠퍼스로 들어가서 산책했고 교문을 지나다가 플래카드가 걸려있는 걸 보았다. 담임이 밀던 세 명의 아이들이 소위 말하는 S. K. Y대에 붙은 것을 선전하는 플래카드였다.

"거기 서봐."

우조가 윤슬에게 휴대폰을 들고 말했다. 플래카드 밑에서 브이를 그으며 기념사진을 찍을 줄 알았는데, 윤슬은 안 찍겠다며 인상을 쓰더니 저 혼자 집으로 가버렸다.

우조는 플래카드를 올려다보며 중얼거렸다.

"저것은 누구를 위한 플래카드인가!"

윤슬은 책을 읽지도 않았고, 알바할 생각도 하지 않고 종일 방에서 잠만 잤다.

"알바하기로 했잖아. 난 네가 알다시피 대필이나 과외지도 아니고는 전혀 아는 바가 없어. 그러니까 네가 찾아."

"나는 더 없지."

"일단 먹자골목으로 가봐. 거기서 종업원 구함이라고 쓴 집이 나타나면 무조건 그 집에서 알바하면 되지."

"할게, 근데 엄마랑 같이 가."

이렇게 해서 먹자골목으로 갔다. 몇 집 안 가자, '춘천 닭갈비' 집에 종업원 구함 쪽지가 붙어 있었다. 그 가게 앞에서 윤슬이 우조 등 뒤로 가서 "엄마가 해." 라며 우조를 밀었다.

너무 어이가 없어서 우조가 허리를 잡고 웃는 사이 윤슬이 도망쳤다.

집에 돌아온 우조는 윤슬을 설득시켰다.

"계산 해보니까 입학식 날까지 사십오 일이 남았더라. 오늘부터 하루에 한 편씩 수필을 써. 글을 완성하는 걸 익혀두면 과제 쓸 때도 도움이 될 거야. 장학금도 타고. 그리고 등단하자."

윤슬이 머리를 긁적거렸다.

"하루에 한 편씩 수필 써서 장학금도 타고 등단도 하자고 인마!"

윤슬은 여전히 대답을 하지 않았다.

"그거 싫으면 알바를 하던가. 아이고, 속 터져 정말, 이건 네 일이야, 입학하면 날마다 왕복 셔틀 버스비 만 원에다가 점심값 삼천 원, 하루에 만오천 원씩 필요하고, 주말에는 주말대로 영화를 본다, 연극을 본다, 만만찮게 잡비가 들어갈 텐데, 알바도 싫다 수필도……."

"쓸게요, 수필."

"글제는 날마다 내가 정해 줄게. 오늘 주제는 '알바'야. 두 시간 안에 제출해."

윤슬은 한 시간 반 만에 원고를 제출했고 우조는 글에 피드백을 달아주었다.

'알바, 두려움으로 다가온다.'라고 부제를 단 윤슬의 글은 대체로 무난했다. 약속대로 윤슬은 수필을 썼다. 몸살이 나거나 손님이 오거나 해서 건너뛰는 날도 있었지만 그럴 때는 몰아서 하루에 두 편씩을 써냈다.

윤슬은 사십오 편의 수필을 지참금처럼 들고 K대 정문으로 들어갔다.

조베리아 바람

조치원으로 이사했다.

읍사무소에 함께 갔다. 갱신한 주민등록증을 받아든 윤슬이 몹시 낙담한 표정을 지으며 말했다.

"충남 연기군…… 낙인이 찍힌 것 같아."

윤슬은 그로부터 사흘을 앓아누웠다. 윤슬은 아플 때면 맥도날드에 갔었다. 이것저것 시켜서 쟁반에 쌓아놓고, 반쯤 잘라서 먹다가 우조에게 밀어 놓고 다른 걸 집어서 반 잘라 먹고 하다가 끄윽, 트림하고 나면 그때부터 기운을 차리곤 했다. 조치원에는 맥도날드가 없었으므로 삼겹살집에 갔다.

"서울 고기 맛이 안 나. 된장찌개는 너무 짜고."

우조도 그렇게 느꼈다.

우조와 윤슬은 아귀찜을 좋아했다. 조치원에서 세 군데나 가보았지만 모두 서울에서 먹던 그 맛이 아니었다.

우조도 조치원 생활에 적응이 쉽지 않았다.

커피 여과지가 떨어져서 시장과 마트를 헤매고 다녔지만 없었다. 택시를 타고 청주시에 있는 롯데마트까지 가서 사 왔다. 저녁 여덟 시에 약을 사러 택시 타고 읍내에 나갔다가 깜깜하게 문을 닫은 약국 앞에서 주저앉아 운 일도 있었다.

윤슬이 졸업만 하면 뒤도 돌아보지 않고 서울로 가리라 벼르면서 견뎠다.

그러던 어느 날이었다.

"엄마, 이거 먹어봐. 파닭이야. 파닭 원조 집에서 사 왔어."

기름에 튀긴 닭이었는데 그 위에 슬라이스 친 마늘과 파 채가 얹혀 있었다. 먹어보니 알싸한 마늘과 파 향이 나면서 맛있었다.

우조와 윤슬이 함께 엘리베이터를 탔을 때였다. 문이 닫히려고 하는 데 교복을 입은 여중생 두 명이 탔다. 예쁘고 깜찍하게 생긴 여학생이었다.

"겨, 아녀?"

"겨."

두 사람의 대화가 낯설어서 우조와 윤슬은 마주 보았다.

그 뒤부터 윤슬은 "겨, 아녀?"라는 말을 흉내 냈고 우조는 "겨."라고 대답했다.

윤슬은 편의점 알바도 하면서 적응해 갔다.

봄이 무르익어 가면서 우조는 나물을 뜯으며 슬슬 조치원 생활에 익숙해져 갔다. 복숭아가 얼마나 흔하던지 음식물 쓰레기통을 열면 멀쩡한 복숭아가 들어 있었다. 밭에 가서 직접 사면 실컷 맛볼 수 있고 덤도 많이 주어서 물리도록 먹을 수가 있었다. 머루 포도와 배도 아주 맛이 좋고 흔해서 보는 것만으로도 배가 불렀다.

그러나 바람이 왜 그렇게 찬지, 시베리아 바람에 빗대어 타지에서 온 K대생들은 그 바람을 일러 조베리아 바람이라고 했다.

*

윤슬이 군에 입대했다.

윤슬이 부대 안으로 들어가는 뒷모습을 보던 우조는 힘이 빠지며 무릎이 꺾였다. 머리를 짧게 깎아서 그랬던지 영창에 들어가는 느낌이 들면서 뭔가 아주 불안했다. 그 불안은 좀체 가라앉지 않아서 결국 몸살로 이어졌다. 학교 앞으로 이사 다니던 '맹자 엄마'가 이제 홀로서기를 해야 할 시점이 된 것인데 도무지 마음이 다잡아 지지가 않아서 기운을 차릴 수가 없었다. 끼니때마다 밥이나 찌개를 이 인분을 했고, 윤슬의 자리에 수저도 놓았다. 윤슬의 방에 가서 의자를 쓰다듬었다. 입고 간 사복이 우편으로 왔을 때는 옷을 얼굴에 대고 체취를 맡으며 눈이 붓도록 엉엉 울면서 "김정일 개새끼!" 하고 욕을 했다.

드디어 면회가 허용되었다.

부대는 집에서 가까운 거리에 배치되었으며 그곳도 조치원 권역이었다.

"윤슬이 큰 외삼촌이 육군 소령이라더니 빽 좀 썼나 보네."

함께 간 지인의 말이었다.

"집 가까이에 배정 받은 것은 우리 윤슬이 복이야."

"근데 나 지금까지 조치원 살면서, 아들이 조치원 부대에 배정 받은 거 첨 봐."

"내 남동생이 얼마나 이기적인데. 한번은 친정에 큰 장마가 져서, 집에 좀 가보라고 했더니 길길이 날뛰면서 하는 말이 "지금이 무슨 조선시대냐, 효 운운하게. 나는 국가에 바친 몸이니까 두 번 다시 부모님이 어떻고 그런 소리마라." 그랬어. 그뿐이 아니라, 심마니처럼 산에 다니며 임산물 채취 하는 게 취미인데 송이나 겨우살이처럼 진귀한 걸 채취해도 누나들에게 절대 주는 법이 없을 뿐더러 우리가 입원해도 문병 오는 법이 없어, 절대로."

"우리 둘째 오빠도 그런 타입 인데. 집집마다 그런 형제 한명씩 있나봐, 저만 알고 형제들 무시하는 그런 타입."

면회실에서 기다리자, 윤슬이 선임병과 함께, 잔뜩 주눅이 든 채 들어섰다. 우조를 보고 얼싸안을 줄 알았는데 거수경례를 했다. 영창에 있는 수감자처럼 대하는 관리체제 같아서 우조는 강한 저항이 왔다. 선임병이 면회소를 나가자 윤슬과 우조는 누가먼저랄 것도 없이 자동으로 붙어버렸다. 윤슬이 너무 말라서 어깨뼈가 만져졌다. 모자를 벗기고 뒤통수를 쓰다듬으니 우조의 손아귀에 잡혔다. 윤슬은 음식을 먹으면서도 우조의 손을 놓지 않았고 면회실에 있는 상급자의 눈치를 보면서, 부대에서 있었던 힘든 이야기를 우조의 귀에 대고 속삭였다. 장미를 꺾어주고 은행잎을 주워다 주던 순수했던 윤슬이 거기 있었다. 윤슬의 정신에 다시 서정적인 감정의 기류가 흐르는 것이 좋을 수도 있고 한편으로는 새로운 환경에 대한 부적응일 수도 있겠다 싶었는데 아무래도 윤슬이 너무 마른 것으로 미뤄 후자 쪽인 것만 같아서 우조는 불안했다.

우조는 매달 첫째 토요일마다 면회 갔다. 윤슬의 아빠가 매달 셋째 일요일마다 면회를 갔기 때문에 그렇게 정했다. 그러다보니 윤슬은 부대가 생긴 이래 면회를 가장 많이 온 부모를 둔 병사가 되었다. 우조는 갈 때마다 잔치 음식처럼 해 갔고 새로 나온 소설책도 챙겨다 주었다.

윤슬이 휴가를 나왔다. 삼복중에 쓰러져서 병원에 실려 간 적도 있었다, 그때부터 '관심병사' 취급을 받고 있다, 고 털어놓았다. 꼬박꼬박 일기를 쓰는데, 부대에서 일어난 이야기는 쓰지 말라고 상급자에게 말을 들었다, 외출했을 때 누가 일기를 볼까 봐, 일기 내용을 보고 책잡힐까 봐 불안하다고 윤슬이 말했다. 검열당하는 것도 신경 쓰이니까 이제 더 이상 책을 가져오지 말라고도 했다.

병장이 되면서부터는 윤슬은 부대 얘기를 하지 않았고 면회 갔을 때 싸간 음식도 후임병들을 나눠주는 등 우조에게 시큰둥하게 대하며 말을 하면 토를 달고 어깃장까지 놓았다.

*

윤슬이 제대했다.

복학했지만 공부고 글이고 다 밀어두고 잠만 잤다. 깨워야만 마지못해 일어나서 씻지도 않고 아침도 거른 채, 그대로 등교했다. 토요일이 되면 '깨우지 마요!'라고 써 붙여놓고 죽은 듯이 잤다.

우조는 아침은 건너뛰고 열두 시에 점심, 저녁은 여섯 시에 먹는다. 여섯 시에 윤슬을 깨우면 숟갈을 붙들고 앉아서 물만 두어 번 마시다가 우조가 식사를 마치면 기다렸다는 듯이 수저를 놓았다. 군대 생활하느라 지친것 같아서 그냥 놔뒀다.

윤슬이 군에 있을 무렵, 우조는 팔꿈치 골절을 당했고, 깁스해서 풀 때까지 한 육개월 대필을 하지 못하고 있었기 때문에 경제적으로도 쪼들렸을 뿐더러 회복되고도 글 작업에 능률이 오르지 않았다. 우조는 윤슬에게 사정조로 말했다.

"대필도 반은 창작이야. 글이 안 풀려서 스트레스 받을 때가 많아. 눈, 목, 허리, 팔, 안 아픈 데가 없어. 이건 완전 중노동 날품팔이라고."

"그러면 다른 일을 하지?"

"휴! 이러다가는 등단작이 유작이 되게 생겼어. 더 늙기 전에, 내 몸이 더 망가지기 전에, 내 작품 쓰는 데 올인하고 싶어. 도와주라, 아들!"

간곡하게 말하며 손을 잡았지만, 윤슬이 그 손을 뿌리쳤고, 우조는 무안했다.

"글을 열심히 쓰든지, 공부를 열심히 해서 장학금을 타든지, 그것도 어려우면 알바를 해. 그 세 가지를 다 못하겠으면 집에서 나가!"

"글은 모방에서부터 출발한다면서요? 필사부터 할래요."

"누구 거 할 건데?"

윤슬은 손가락까지 접어가며 일일이 작가 이름을 열거했다.

"체홉, 카잔스키, 파트릭 모디아노, 보르헤스……."

"대륙적으로 모아 놓으니 거창해 보이긴 하다만. 사상도 제각각, 문체도 제각각……, 오합지졸이잖아. 계통이 없잖느냐고. 그러니까, 요리를 하려면 늘 먹어보던 것부터 해야 해. 한번 맛보고 맛있다고 그게 제일인 줄 알고 흉내 내려 들지 말고."

"……."

"한국 작가 중에 네가 좋아하는 작가의 초기 작품을 사서 집중적으로 필사를 해. 워드를 치면서 문단 나눔, 행 나눔, 쉼표까지 따라가면서 세 바퀴만 돌아. 그 작가의 호흡이 이해될 거야. 내 경우 그쯤 되니까, 자연스럽게 창작이 하고 싶어지더라."

우조는 심혈을 기울여 이야기했지만, 윤슬은 하품을 했다.

"그 태도 뭐니? 꿀팁인 거 같아, 해볼 게요 엄마. 이렇게 기분 좋게 좀 말해줄 수는 없는 거니? 휴! 남들은 나보고 맹자 엄마라고 하는데 너는……."

"맹자 엄마, 그거 좀 제발 하지 마요!"

윤슬이 소리를 질렀고 우조는 얼결에 귀싸대기를 한 대 올려붙였고 분이 풀리지 않아서 식식댔다. 그제야 아차 싶었던지 윤슬이 다급하게 불을 껐다.

"잘못했어요."

그 뒤 윤슬은 학교는 그냥 적만 두고 알바를 열심히 뛰었다.

겨울 방학이 되었다.

윤슬은 글쓴다며 알바도 끊고 낮과 밤이 뒤집힌 생활을 했다. 밤새 들락거려서 우조의 잠을 방해했고 해가 뜨면 '깨우지 마요!'를 붙여놓고 잤다.

우조는 복장이 터질 지경이어서 윤슬을 불러 앉혔다.

"글 쓴다며? 썼으면 가져와 봐."

"이제부터 쓸게."

우조는 콧방귀가 나왔다.

"글쓰기는 습관이 배야지, 자 이제부터 시작, 한다고 써지는 게 아니야. 우리 동기 중에도, 입학할 때부터 등단한다더니 지금까지도 작가 지망생으로 남아 있는 애도 있어. 그 애들도 너처럼 지금부터 쓸 거래."

"방학 동안 단편 한 편 쓸게."

"아니, 한 달에 한 편 씩, 두 편 써."

"……."

"예전에 외할아버지가 그러셨다, 지팡이를 깎아야지 하고 목표를 크게 세워야 윷가락이라도 깎는 거라고.

"해볼게요."

"해보지 말고, 해. 그리고 밤에 잠 좀 자자. 네가 들락거려서 내가 잠을 설쳐. 나 피 나오면 안 되잖아."

"엄마, 이제 목에서 피 안 나잖아."

그랬다. 이상하게도 조치원으로 이사 오고 나서부터는 그 지병이 감쪽같이 없어졌다.

"나도 엄마처럼 새벽에 글 쓸게, 아침 여덟 시까지 쓰고 그때 잘 거니까 뭐라고 하지 마요."

윤슬은 아침 여섯 시에 글을 쓰겠다며 노트북을 들고 거실로 나왔다. 제 방에 있으면 자꾸 딴생각이 난다고, 습관을 들일 때까지 그렇게 하겠다고 했다. 새벽인데도 자꾸 '카톡' 소리가 났고, 연신 들락거려서 우조는 무척 신경 쓰였다. 우조가 제일 죽겠는 것은 윤슬이 삼십 분 만에 한 번씩 밖에 나갔다 오는 것이었다.

"근데 넌 왜 그렇게 들락거리니?"

우조가 묻자 윤슬은 어깨를 한 번 으쓱 들었다 놓을 뿐이었다.

온갖 신경전을 벌이면서 원고를 기일에 맞추고 나니 우조는 몸살이 났다. 당분간 일을 놓고 좀 쉬기로 하고 밤에는 티브이를 보았다. 그러자 윤슬이 볼륨을 줄이라고 잔소리를 했다. 글 쓰는 것만 기특해서 우조는 아무 소리 못하고 티브이를 끄고 책을 붙들었다. 잘 시간이 되었지만 낮에 진종일 잤기 때문에 잠이 오지 않아서 아파트나 한 바퀴 돌고 오려고 밖으로 나갔다.

그런데 담배를 피우고 있는 윤슬과 맞닥뜨렸다!

순간, 우조는 악마를 보는 기분이었다. 제 아빠하고 이혼한 결정적인 이유가 그놈의 담배 때문이라는 걸 누구보다도 잘 알던 윤슬이었다.

우조를 본 윤슬이 황급히 담뱃불을 끄더니 두 손을 모으고 고개를 숙였다.

처분을 기다리는 자세였다.

우조는 배신감에 눈물만 나왔다. 땅이 꺼져라 깊은 한숨을 쉬다가 아무 말도 하지 못한 채 집으로 들어왔다.

그동안 몰래 담배를 피우느라고 전들 얼마나 불편했겠는가, 하는 생각도 들긴 했지만, 우조는 윤슬에게 심한 배신감을 느껴서 얼굴을 보고 싶지 않았다.

울어라, 열풍아

우조는 도망치듯이 친정으로 갔다.

현관문을 열고, "엄마!" 불렀지만 아무 소리도 들리지 않았다.

안방에 들어가 보니 썰렁했다. 보나 마나 풍자 씨는 경로당에 갔을 터였다. 경로당에 들고 갈 과자 보따리도 준비해 왔지만 다 귀찮아서 보일러를 올리고 침대 속으로 들어갔다. 베개에서 미미한 냄새가 올라왔다. 딸이 온다는 데도 보일러도 올려놓지 않고 마실 간 풍자 씨가 서운해서 그 베개를 밀어 놓고 다른 베개를 꺼내어 벴다.

현관 문소리가 나서 우조는 일어나 앉았다.

풍자 씨가 다가와 우조 옆에 앉으며 물었다.

"잤니?"

"음, 근데 왜 벌써 와?"

"오늘은 계속 화투패가 션찮게 들어와서, 너 온다구 핑계대구 일찍 왔다."

풍자 씨가 갑자기 손뼉을 쳤다.

"아이구 내 정신 줌 봐라. 너 온다구 보일러 올려놓는 걸 깜빡했어. 까마구 고길 먹었는지 내가 요즘 자주 깜빡깜빡 한다."

"걱정 마요. 나도 그런데 뭘."

"아녀, 어제두 빨래 삶다가 태웠어. 이러다 치매 걸리는 건 아닌지. 겁나."

"그러니까 화투만 치지 말고 햇볕도 쬐고 운동 좀 하고 그래요."

"게이트볼이 재미있었는데, 게이트볼은 현기네 아부지가 대장인데, 그이두 치매 걸려서 요양원 갔잖어. 개똥 엄마두 요양원 가구, 벌써 삼 년이나 돼가네, 개똥엄마 그리 간 지 말이여."

벌써 세 번째 듣는 묵은 정보였으므로 우조는 풍자 씨의 말을 귓등으로 흘리며 담요의 라벨을 살펴보았다.

"이거 무지 따뜻하고 감촉도 아주 좋은데? 어디서 샀어요?"

"그거 발써 운제 샀는지두 몰러."

"언제 샀냐가 아니고 어디서 샀냐고 물었잖아? 엄마 치매 왔나보네."

"지랄, 치매 얘긴 끄내지 말어. 입살이 고살이라는 말 못 들었어? 다시 또 그런 소리 했단 봐라."

"또 하면, 주댕이를 자봉틀루다 박어 버릴 려고? 엄마 그 입은 늙지도 않아, 응?"

풍자 씨가 웃었다.

"이런 거 진짜 하나 사고 싶은데?"

"경로당만 돌어댕기면서 물건을 파는데 요즘은 통 안 와."

"그럼 이거 비매품이네. 어쩐지……."

"우쩐지라니, 그게 뭐 우떻다구?"

"법적으로 온도 제한이 있는데, 이건 온도가 너무 높잖아. 불이 날 수도 있다는 거지, 내 말은."

"너는 우째 하나만 알구 둘은 몰르니. 점점 반편이가 되가는 거 같어. 책을 너무 많이 읽어서 그 부작용으루다……."

"엄마! 침소봉대를 해도 유분수지. 이깟 담요가 뭐라고, 그 뜨내기 담요장수가 엄마 수양아들이래도 돼? 아니면 애인……."

"주둥이 못 다물어! 그 담요 덕에 진진 겨울을 울마나 편히 지내는데 비매품이니 불법이니 지껄여, 그게 너 같은 딸년 덜 보덤 효자여. 니가 운제 그런 거 사다준 적이나 있어?"

우조는 되로 주고 말로 받을까 봐 입을 다물었다.

"이 동네 사람덜 죄다 이 담요 쓰는데 안적까지 불난 집 한 집두 음써. 텔레비전에서 떠든다구 다 맞는 말인 줄 알면 안 된다 그 말이여. 텔레비보덤두 우리가 직접 겪어보고 하는 소리니까는 행여 나가서 그딴 소리……."

"그만! 거기까지."

"이게 어디서 소릴 지르구 지랄여, 같잖게 시리."

"엄마는 아들들은 무서워서 벌벌 떨고 눈치만 보면서, 딸은 무조건 깎아내리고 밟아 뭉갠다니까. 오늘도 그래, 아들이 온다고 했어 봐, 보일러부터 올려놓고 쌀 씻어서 밥솥에 안쳐 놓고 도토리 가루 찾아서 묵 쒀놓고 했을 텐데……."

"이게……!"

풍자 씨가 우조의 베개를 방바닥에 패대기쳤다.

"깜빡하구 안 올려놨다니까 왜 사람 말을 안 믿구, 지랄여 지랄이."

풍자 씨에게 전화가 걸려왔다.

"몰러, 이번엔 울마나 있을지, 큰누나 바꿔 달라구? 아유 바꾸긴 뭘 바꿔. 넌 운제나 올 거니 그래…….”

풍자 씨의 목소리가 대번 나긋나긋해졌다. 물어보나 마나 두 아들 중 한 명이라는 걸 알아차린 우조는 배알이 꼴렸다. 저쪽에서 바꿔달라는데 바꿔주지도 않고, 이만 끊자고 하는 것 같은데도, 풍자 씨는 장광설을 늘어놓고 있었다. 우조가 그만 끊으라고, 전화기 버튼을 누르는 시늉을 했다. 그러자 풍자 씨가 우조를 발로 밀었고 그 서슬에 우조가 침대 밑으로 굴러떨어졌다. 사실은 나가떨어질 정도는 아니었지만, 일부러 동작을 크게 하다 보니 자세가 엉키면서 나뒹굴었다.

“이 노인네가 진짜…….”

풍자 씨는 여전히 수화기를 붙잡고 있었다.

“아무것두 아녀. 어이 얘기 해봐, 그래서 우티게 됐어?”

우조는 겉옷을 챙겨 입었다.

“왜?”

우조에게 묻는 게 아니라, 저쪽에서 끊자고 해서 물은 거였다. 전화가 끊겼는지, 풍자 씨가 수화기를 들여다보다가 내려놓았다.

“셋째네 가서 잘 거예요.”

“그래라, 그럼.”

셋째네 가서 잔적은 한 번도 없었지만, 말이 그렇게 나와 버렸다. 그런데도 풍자 씨는 아무렇지 않게 대답했다.

콜택시를 불러놓고 커피를 타서 마시고 있는데 서운함은 가라앉지 않고 오히려 증폭되어서, 풍자 씨와 한바탕 해버릴까 하는데, 밖에서 클랙슨 소리가 났다. 그 소리를 들었을 텐데도 풍자 씨는 아무 기척이 없었다.

“갈게요.”

"그래."

다녀올게요, 가 아니고 갈게요, 라고 말했는데도 "그래"라고 대답하는 거였다.

우조는 뒤도 돌아보지 않고 "읍으로 갑시다." 라고 택시기사에게 행선지를 말했다.

친정집에서 읍내까지 불과 십 분 이내의 거리인데 멀미가 올라왔다. 고속도로에서는 세 시간을 가도 아무렇지도 않은데, 도로가 구불구불하면 단 오 분을 가더라도 멀미를 했고 그때마다 반드시, 복통과 함께 설사가 동반되었다. 한번 올라왔다 하면 화장실을 찾아 들어가야 된다.

차가 신호 대기에 멈췄다.

"아, 멀미 때문에……."

"여기 세워 드릴까요?"

마침 길거리에 '다방 2층'이라고 쓰인 안내판이 보였다.

"네, 잔돈은 그냥 두세요."

이층으로 올라가서 화장실부터 찾았으나 문이 잠겨 있어서 다방으로 들어갔다. 화장실 열쇠를 들고 나와 볼일을 보고 다시 다방 앞에 섰다.

유리문에 '울어라, 열풍아'라고 쓰여 있었다. 문을 열고 들어가서 빈자리를 찾아 앉았다.

"야, 인마 그만 좀 해라!"

큰소리가 나면서 동시에 퍽! 하고 등짝을 치는 소리가 났다.

"나는 맞어 죽어도 싸, 더 때려, 더!"

창가 쪽에 중년의 남자 서넛이 앉아있었다. 한 남자가 고개를 외로 꼰 채 소리 내어 울고 있었고, 그만하라고 때린 남자가 그를 품에 안아주는 상황 같았다. 방금 전까지 그들과 함께 있었던 마담이 우조에게로 다가와 메뉴판을 내밀고 말했다.

"제 동생 친구들이에요. 우리 올케 기일이거든요. 암으로 죽은 지 벌써 칠 년이나 지났는데 기일만 되면 저래요, 재가."

"이거, 되죠? 두 잔 주세요. 그리고 혹시…… 울어라, 열풍아, 들을 수 있을까요?"

"그럼요."

마담이 주방 쪽으로 가자마자, '울어라, 열풍아'가 흘러나왔다.

"못 견디게 외로워도 울지 못하고……."

이미자가 물러가고 이번엔 익숙한 전주곡이 흘러나왔다.

마담이 쌍화차 두 잔을 가지고 우조 앞에 앉았고 우조가 "드세요."라고 말했다.

"네, 잘 마시겠습니다."

차는 뱉어내고 싶을 정도로 달았다.

"이번 곡은 제 선물이에요, 손님 마음에 드셨으면 좋겠습니다."

"궂은비 내리는 날 그야말로 옛날식 다방에 앉아 도라지 위스키 한잔에다 짙은 색소폰 소릴 들어보렴……."

남자들이 노래를 따라 부르며 우조 쪽으로 몸을 돌렸다. 한 남자가 우조를 가리키며 "어, 어!" 하는 사이 음반은 "첫사랑 그 소녀는 어디에서 나처럼 늙어갈까……." 부분을 돌고 있었다. 우조 앞으로 다가온 남자가, 물기 머금은 눈을 껌벅거리며 "누님! 아니세요?" 했다.

모르는 남자였다.

"저 승기 친구, 봉수예요, 소댕이 사는."

봉수가 손바닥을 눌러 눈물을 닦고 꾸뻑 절을 했다.

우조는 어정쩡하게 "그래?" 하며 고개를 끄덕여주었다.

"소설가 되셨다면서요? 늦었지만 축하드려요, 누님."

봉수의 동료들이 우조를 쳐다보았다. 그렇다면 초등학교 후배들일 수도 있어서 우조는 황급히 일어나 찻값을 지불하고 캐리어를 들고 계단을 쿵쿵쿵 내려가는데 뒤에서 봉수가 "누님! 잠깐만요, 누님!" 하고 불렀다.

계단 끝에서 봉수가 우조의 캐리어를 붙잡고 말했다.

"어디 가서 뭐라도 드십시다, 제가 모실게요."

"고마워, 근데 나 집에 가봐야 해, 엄마 기다리셔. 너도 그만 올라가 봐."

우조는 봉수의 대답을 기다리지도 않고 돌아서서 발걸음을 재게 놀렸다. 봉수가 쫓아오는 것 같아 앞만 보고 부지런히 걸어서 얼른 골목으로 들어가 벽에 기대어 숨을 골랐다. 봉수는 더 이상 쫓아오지 않았다. 우조는 터미널 매표소로 갔다. 서울행 버스는 그새 끊겨 버렸다. 여주에서 조치원 가는 차는 하루에 두 번밖에 없어서 일단 서울로 가서 조치원으로 가곤 했다.

친정으로 다시 들어가고 싶지는 않았다.

모텔 골목으로 들어갔다. 예약을 할까 하다가, 평일인데 설마 방 하나 없을까 싶어서 눈으로만 찜해놓았다. 혹시 풍자 씨에게서 아니면 셋째에게서라도 전화가 왔나 하고 휴대폰을 들여다보았지만, 연락이 오지 않았다. 우조는 한숨이 나왔다. 아까 들었던 "어디에서 나처럼 늙어갈까"라는 가사가 생각났다. 열심히 살았는데 이렇게 볼품없이 늙어가는구나, 서글퍼졌다. 어디 가서 실컷 소리라도 지르고 싶어서 들 쪽으로 발걸음을 옮겼다. 볼이 시렸다. 스웨터를 꺼내어 덧입고 목도리도 단단히 여몄다. 캐리어는 세워두고 논둑길을 걸었다.

"억울해! 억울하다고!"

소리 질렀다. 가슴이 뻥 뚫릴 줄 알았는데 눈물이 나왔다. 전화가 왔다. 셋째, 우영이었다.

통화 버튼만 눌러 놓고 대답은 하지 않았다.

"울어라, 열풍아 갔다며? 거기 마담이 내 동창 봉숙이잖아. 걔 동생이 승기 친구 봉수고. 우리 지금 읍에 와 있어."

우조는 아까 봐둔 그 모텔 이름을 댔다.

"오늘 밤, 너랑 나랑 둘이만 있자, 그러니까 네 남편은 보내, 알았지?"

"잠깐만 언니……, 여보, 당신은 집에 가래. 왜, 싫어?……."

우조는 우영의 행동에 비위가 상해서 전화를 끊어버렸다. 택시를 타고 조치원으로 가버릴까 하다가, 담배 피우던 윤슬의 얼굴이 떠올랐다. 우조는 진저리가 처지며 탄식이 흘러나왔다.

"아, 죽고 싶다!"

우영에게서, 모텔 앞에서 기다린다는 카톡이 와서 우조는 발걸음을 옮겼다.

그런데 거기 풍자 씨가 혼자 떨고 서 있었다.

"망할 것, 에미 속을 태워도 유분수지…… 만약에 너 잘못되는 날엔 나두 따러 갈라구 그랬어. 증말이여."

우조는 노여웠던 마음이 좀 가라앉았다.

"왜 혼자 있어? 우영이는?"

"갠 서방이 있는데, 니가 왜 걱정을 해."

여기까지 왔다가 얼굴도 보지 않고 가다니, 우영에게 서운한 마음이 들었다.

"너 왜 쫓어냈냐구 지랄을 해대서 우영이 넌 하구 한바탕 했다만, 혼자 나서기 겁나서 기름 값 쳐 줄 테니 나줌 달구 가달라고 하구선 데려왔어."

"알았어. 나 뭐 좀 사갖고 올 테니 여기 좀 있어요."

"이리 내여. 이건 두구 가."

풍자 씨가 우조의 캐리어를 뺏었다.

"노인네 의심은……."

"의심 안 하게 생겼니 시방!"

우조는 풍자 씨와 함께 마트로 가 술과 마른안주를 산 다음 모텔로 돌아왔다.

불안한 표정으로 방에 들어간 풍자 씨는 욕조를 보더니 얼굴을 폈다.

"여기 목욕탕 있다 얘. 그렇잖어두 근질거려서 목욕 갈라구 했는데 잘됐다."

풍자 씨는 욕실로 들어가고 우조는 테이블에 술상을 차렸다.

풍자 씨가 화장실에서 나오자, 우조가 욕실로 들어갔다.

"연속극 보구 싶은데 이걸 우티게 키는지 몰르겠네.…… 이건 운제 먹을 거여?"

따뜻한 물에 발을 담그니 피곤이 풀렸지만, 풍자 씨가 자꾸 채근을 해서 나왔다.

"엄마 저녁 드셨어요?"

"너 같으문 딸내미가 모처럼 집이 왔다가 그냥 갔는데 밥이 넘어가겠니?"

"뭘 좀 시켜 먹읍시다. 난 얼큰한 국물이 먹고 싶은데. 짬뽕시킬까?"

"싫여, 난 잠자리에 매운 거 먹으문 속 씨려. 너나 먹어. 난 막걸리나 한잔 할 터."

우조는 짬뽕을 시켰다.

"자, 우리 한잔 씩 합시다."

우조가 막걸리 병을 잡자 풍자 씨가 입맛을 다시며 종이컵을 들었다. 잔에 술을 따르며 우조가 말했다.

"고마워, 풍자 씨."

"지랄."

풍자 씨가 웃으며 병을 빼앗아 우조의 잔에 막걸리를 따랐다.

"풍자 씨의 만수무강을," 우조가 말했고 두 사람은 "위하여!"를 외치며 잔을 부딪쳤다.

이튿날 아침 일찍 문기가 한수와 함께 왔다. 해장국을 먹고 나자 문기가 부탁했다.

"누나, 한수 과외지도 좀 해주세요."

한수는 전에도 우조에게 영어와 국어를 과외 받은 적이 있었다.

"알았어. 이제 몇 달 있으면 고등학교 올라가는데 선행학습 해둬야지. 그때처럼 화, 목 이렇게 하자."

"네 고모. 오늘 고모 따라갈 거예요. 할머니, 그래도 되죠?"

"아이구 되구 말구지. 우리 큰딸 덕에 나 오늘 계 탔다."

집에 들어서자 한수가 우조를 따라 방으로 들어왔다.

"저는 큰고모가 좋아요."

"나도 우리 한수가 좋아. 근데 너 무슨 비밀 있지?"

"어떻게 알았어요?"

우조가 한수의 머리를 마구 흩트렸다. 한수가 담아 두었던 말을 꺼냈다.

"저, 가수 할 거예요, 고모."

의외였다. 가수를 하겠다는 애치고는 너무 평범해 보였다. 귀를 뚫거나 반지를 끼지도 않았고, 머리를 기르거나 물을 들이지도 않았다.

"어떤 가수가 될 건데?"

"……."

"아직 장르도 정하지 않았구나? 그럼 좋아하는 가수를 대봐. 어떤 가수가 좋은데. 누구처럼 되고 싶냐고."

"이미자요."

우조는 너무 어이가 없어서 차라리 화가 나려고 했다.

"너희들 왜 그러니? 어제는 윤슬 형이랑 한바탕 하고 왔는데 너는 또 왜 그러니. 정말."

"도와주세요, 고모, 저는 꼭 가수 할 거예요."

"말이나 해봐, 뭘 어떻게 도와주면 되는데?"

"음악을 하려면 돈이 필요해요. 아버지는 보나 마나 대학 들어가면 허락한다고 할 테고 할머니는 잘만 하면 밀어주실 거 같아요."

우조는 고개를 저었다.

"할머니한테 말하면, 여드레 삶은 호박에 이도 안 들어갈 소리 그만하라고 하실걸?"

"왜 해보지도 않고 판을 깨요? 큰고모한테 실망했어요."

"내가 할 소리야. 공부하긴 틀린 거 같다. 너 그만 가봐."

"싫어요, 난 공부도 하고 가수도 할 거란 말이에요."

"휴! 내 팔자야, 그럼 어디 노래나 한번 불러봐라. 뭐 할 건데?"

"신청곡 받을게요."

"어쭈, 이미자랬지?…… 그거 되니? 울어라, 열풍아."

한수는 물을 한잔 마시고 나서 '울어라, 열풍아'를 불렀다.

"제법인 걸? 풋풋한데 구성지기도 해. 꺾기도 되고 말야. 호흡도 길고, 바이

브레이션은 또 어디서 배웠다냐. 인정!"

"정말요? 고모 사랑해요."

한수가 우조를 껴안았다.

"날마다 그날 치의 공부를 해놓고 자투리 시간에 노래를 하든지, 춤을 추든지 해야 해."

"예, 썰!"

한수는 거수경례까지 붙여가며 대답했다.

그 다음 과외 날에 어김없이 한수가 왔다.

"고마워요, 고모."

"뭐가?"

"비밀 지켜줘서요. 제 얘기 들어준 것도요."

"고마워할 거 없어. 고모는 밑지는 장사 안 해. 그 얘기 소설에 써먹으려고 다 기록해 놨어."

우조는 손을 내밀었고 한수가 손을 들어 하이파이브를 했다. 우조가 팔을 벌렸고 한수가 다가와 안겼다.

"사랑한다, 내 조카. 너도 사느라고 힘들구나. 고모가 네 편 되어 줄게. 뭐든 열심히 해봐라."

우조가 한수의 엉덩이를 두드려 주었다. 그러자 한수가 눈물을 훔쳐냈다. 윤슬은 언제부턴가, 우조 앞에서 눈물을 보이지 않았다는 게 생각났다. 고맙다는 말과 사랑한다는 말을 들은 지도 언제 적인지 기억도 나지 않았다.

'아, 나는 헛살았구나. 정말 한눈팔지 않고 자식만을 위해서 산 것 같은데…….'

떨어져 있어도 우조는 윤슬 생각에 문득문득 명치끝이 아팠다.

한수가 책과 노트를 펼쳐놓았다.

"국어를 잘 하려면 어떻게 해야 할까? 지난번에 내가 말해줬잖아."

"몰라요, 다 까먹었어요."

우조는 한수의 대답을 기다렸다.

"고모가 시키는 대로만 하면 잘 할 수 있을 거 같아요, 그때도 그렇게 했거든요."

"……."

"한 시간 일찍 일어날게요."

"쉽지 않아, 그건. 사람의 수면 사이클은, 삐리릭! 울리는 알람시계가 아니야. 기상 시간 말고 다른 방법을 말해봐."

"몰라요, 머리에서 쥐나요. 그냥 수업해요."

"고모는 이렇게 했다."

한수가 눈을 빛내며 자세를 고쳐 앉았다.

"'시간을 공간 개념으로 쓰기'를 하는 거야. 너에게 좋지 않은 습관이 있을 거야. 그 습관을 버리면 바로 그 시간이 비는 거지. 그러면 어떻게 될까?"

"……."

"저금통장을 여러 개 갖고 있는 것과 같아. 통장을 여러 개 만들어 놓으면, 어떻게 될까? 자투리 시간을 모아서 뭉치면 덩어리 시간이 만들어지지. 그걸 활용하는 거야. 정기적으로 도서관을 간다, 소설을 읽는다, 문법을 뽀갠다, 문제집을 푼다, 인강을 듣는다, 등등."

한수는 한숨을 쉬었다.

"다음에 올 때는, 대차 대조표를 작성해 와. '공부하는 데 방해되는 나쁜 습관 그리고 그 시간에 무엇을 할지'에 대해서."

한수가 쩟, 하고 입맛을 다셨다. 마음에 안 드는 눈치였다.

"음악도 병행하고 싶잖아. 안 그래?"

"맞아요, 고모. 저 진짜 음악 포기 못 해요."

"시간의 공간을 확보해놔. 그 빈 공간을 음악으로 채워 넣으라고."

"몰라요, 어려워요. 그냥 열심히 노래 연습 할래요."

"그냥? 너 피아노는 칠 줄 아니?"

"조금요."

"기타는?"

"아직요."

"그럼 음계도 제대로 이해하지 못할 텐데. 휴!"

"이제부터 틈틈이 음악 기초 다질 거예요."

"그건 네가 알아서 하고, 날마다 숙제를 내줄테니 잘 따라와야 해. 아무튼 잘해보자, 우리."

우조는 풍자 씨에게 한수가 가수하고 싶어 한다고 말했다. 풍자 씨는 집에서 쓰는 들통을 내줬고 고물 장수한데 솥뚜껑도 구해줬다. 한수는 뒤란에 드럼 세트를 구성해 놓고 두들겨 댔고 이웃 사람들이 모여들었고 풍자 씨가 변명했다.

"지 큰고모가 워낙 애를 쥐 잡듯 하니까, 공부 스트레스가 쌓여서 난리굿을 치는 거라우."

시간이 지나면서부터 한수는 그럴듯하게 박자를 맞췄고 풍자 씨도 "쿵쿵따 쿵쿵따" 두들기면서 무릎을 두드렸다.

"경로당 안 가두 상관 움써. 우리 한수하구 이렇게 노는 게 더 재밌어."

그렇게 보내는 동안 한수의 방학이 끝나고, 우조는 집에 갈 시간이 다가왔다.

한수는 그동안 숙어집 한 권을 다 떼고 고교 일학년 국어 관련 과목도 한 권을 떼었다. 우조는 풍자 씨에게 말했다.

"엄마, 한수가 이렇게 두 권을 다 뗐어요. 그러니까 과외 지도비 좀 내놔요."

"너는 으른이니 당연한 일을 한 거지만 한수를 봐서 내가 용돈을 주지."

풍자 씨는 우조와 한수에게 두둑하게 용돈을 주고 문기에게 전화를 걸어서 공치사를 했다.

문기가 왔다.

"그동안 수고 많았어요. 이번 주말에 외식도 할 겸 다 같이 여행을 갈까요?"

"좋아, 서울 가자. 하모니카를 새로 하나 사고 싶었는데 그동안 시간이 없어서 벼르던 중이야."

"웬 하모니카를?"

문기가 묻자, 풍자 씨가 설명해줬다.

"예전에 소 뜯기러 가문 소는 나무에 묶어 놓구, 저는 풀밭에 누워서 하모니카만 불었어. 저녁에 들어올 때 보문 소 배가 홀쭉했어. 내가 두들겨 팬 적두 있었어."

"정말이우?"

"내가 운제 그짓말 하는 거 봤니? 밤에 하모니카 불면 뱀 나온다고, 불지 말라고 때려두 막무가내루 불었어."

이튿날 낙원 상가에 가서 한수에게 기타를 선물해줬고 우조도 하모니카를 샀다.

산책하러 갈 때 들고 나가서 불 생각이었다.

방황하는 청춘들

아파트 입구에 들어서자, 석 달 전에 그 자리에 서서 담배 피우던 윤슬의 모습이 떠올라서 우조의 가슴이 사정없이 뛰었다.

엘리베이터를 타고 올라가 현관 초인종을 누를 때까지도 가슴은 진정되지 않았다.

안에서 기척이 없어서 우조는 번호 키를 누르고 현관문을 열었다.

윤슬의 신발이 보이지 않았다. 낯설고 불쾌한 냄새가 코에 엉겨 붙었으며 쓰레기장을 방불케 하는 거실이 눈에 들어왔다. 우조는 옷을 벗기도 전에 먼저 베란다 창문부터 열어 놓고 밖을 내다보며 참았던 숨을 토해냈다.

우조는 속이 부글부글 끓었다. 윤슬에게 전화를 걸었지만 받지 않았다. 빨리 들어오라고 문자를 보내도 답이 없었다.

'난 나가 있을 테니, 집 치워놓고 연락해.'

이렇게 문자를 넣어놓고 나니 정말 그러고 싶었다. 그때 옆집 문소리가 나서 우조는 죄인처럼 조용히 동작을 멈췄다. 조치원에 내려온 첫해 여름에 우조가 한 열흘 친정에 다녀왔을 때였다. 엘리베이터에서 옆집 아줌마를 만났는데 대뜸, "그 집에서 냄새나요."라고 했다. 아파트 10층에 1, 2, 3호가 나란히 배열된 구조에서 우조 네는 2호에 살았다. 집에 들어서니 음식물 썩는 냄새가 났다. 싱크대가 복도 쪽으로 나 있었고 음식물 쓰레기통을 싱크대 쪽에 놓고 썼는데 음식물을 비우지 않아 구더기가 들끓고 있었다.

아파트는 공동 주택이라서 조심하고 배려하며 살아야 하는데, 그동안 윤슬이 집에서 담배를 피웠으니 이웃에 폐를 끼쳤구나 싶었다. 오줌부터 누고 일을 시작하려고 화장실로 간 우조는 입이 딱 벌어졌다. 변기에는 오줌 찌꺼기가 노랗게 끼어있었고 욕조는 콜타르를 칠해놓은 듯 새카맣게 때가 끼었다. 무엇부터 손을 댈지 몰라서 집안을 살폈다. 싱크대에는 설거지 감과 음식물 쓰레기가 산더미를 이루었으며, 윤슬의 방문을 열자, 옷장 문이 열린 채 옷들이 죄다 나와 있었다. 입었던 옷과 신었던 양말까지 뒤죽박죽 섞여 있어서 재활용 수거함을 쏟아놓은 것 같았다. 배달음식을 시켜 먹은 일회용 용기에는 음식 찌꺼기가 말라붙은 채 침대와 창틀 그리고 베란다까지 넘쳐났다.

냄새나는 것부터 손을 대야 했으므로, 빈 김치 통을 가져다 놓고 음식물 쓰레기를 부어가며 설거지를 했다. 아파트에는 수요일과 일요일에만 재활용품을 내다 버릴 수 있는데 마침 수요일이었으므로 우선 재활용 쓰레기부터 내다 버려야 했다. 대형 재활용 봉투와 빈 박스를 가져다 놓고 쓰레기를 분리해나갔다. 피자와 치킨 빈 박스 그리고 빈 병이 한 박스 씩 나왔지만 술병이나 맥주 캔은 한 개도 나오지 않았다.

제 아빠를 닮았으면 술을 좋아할 텐데 그거라도 안 닮았으니 다행이네.

베란다에 놓고 쓰는 커다란 쓰레기통을 비웠다. 빈 담뱃갑은 나와도 그쪽에서도 쭈그러뜨린 맥주 캔은 보이지 않았으므로 우조는 기분이 좀 풀렸다. 집을 깨끗이 치워놓고 윤슬이 좋아하는 낙지볶음이나 해줘야지 하면서 하나하나 분리수거를 하다가 기함할 뻔했다. 웬 생리대 뭉치가 있는 거였다. 피 묻은 생리대를 돌돌 만, 돌멩이 같은 덩어리 두 개가 있었다.

우조는 윤슬이 군대 있을 때 면회 가서 들은 말이 생각났다.

"지난 주말에 얼마나 웃기는 일이 있었는지 알아? 면회 왔다고 해서 엄만 줄 알고 나갔어. 근데 학교 후밴 거야. 친하지도 않고 비호감인 애가 왜 왔지? 싶었지만 그냥 앉아있었어. 그런데 그 후배는 나만 바라보고 있는 거야, 돈이 없다며. 그럴 거면 뭐 하러 왔니? 그렇게 물어보려다 참았어. 배는 고팠지만 그래도 내무반에 들어가는 것보다는 나아서."

"두 번 다시 만나지 마라."

"그런 또라이를 내가 왜 만나."

"그래도 조심해. 사람은 인연이 악연 되는 거야. 진짜 조심해라."

공중 화장실도 아니고 가정집 쓰레기통에다, 피 묻은 생리대를 함부로 버리고 다니는 '또라이'가, 면회 온 문제의 그 또라이와 동일인물인 것만 같았다. 윤슬을 쫓아다니다가 덜컥 임신이라도 해서 들러붙는다면? 우조는 생각만으로도 끔찍했다. 윤슬에게 계속 전화를 했지만 받지 않았다. 우조는 폭발할 것처럼 화가 치밀어서 "우리 쓰레기통에 생리대를 빼놓고 간 또라이 계집애 데리고 당장 집으로 와." 음성 메시지를 남겼다.

윤슬에게서 문자가 왔다. 제 아빠 집이라고, 아빠가 옆에 있어서 통화가 곤란하고 나중에 전화한다고 했다. 윤슬이 올 때까지 생리대를 두었다가 직접 보게 할 생각이었지만 너무 역겨워서 쓰레기통까지 내다 버렸다. 아무리 요즘 애들이 막 나간다고 해도 가정집에 와서 생리대를 그런 식으로 버리는 애는 근본 자체가 천격이기 쉬웠고, 윤슬은 물론이고 엄마인 우조까지도 우습게 본다는 얘기가 된다. 만일 제대로 된 여자애 같았으면 쓰레기장이 된 집을 보고 야단을 치면서 팔 걷어붙이고 함께 치웠을 터였다. 유유상종이지 싶어서 우조는 힘이 빠졌다.

화장실에 들어가 욕조를 보다 보니 어디서부터 잘못되었나, 싶어졌다.

윤슬은 아기 때부터 목욕하는 걸 좋아했다. 잠투정하며 짜증을 부릴 때, 따뜻한 수건으로 닦아주면 금세 잠이 들었다. 전셋집에 살 때는 욕조가 없었고 조치원으로 내려와서 아파트에 살게 되면서부터 윤슬은 일주일에 서너 차례 목욕을 했으며 그때마다 우조에게 때를 밀어달라고 했다. "엄마"하고 불러서 우조가 욕실에 들어가면 윤슬은 두 손으로 밑천을 가리고 웃으면서 등을 맡겼다.

그랬는데, 윤슬은 본격적으로 아르바이트를 하면서부터 욕실 문을 걸어 잠갔고 등을 밀어달라고 하지도 않았다.

몸만 빠져나온 욕탕의 물을 빼내고 나면, 욕조 가장자리에 지우개 밥 같은 때가 찐득하게 묻어있었다. 좁은 공간에 엎드려 욕조를 닦노라면 무릎도 아프고 현기증이 일었다. 아르바이트를 하느라 고단해서 그런가보다 하고 우조는 잔소리를 하지 않았다.

내 탓이야. 어릴 때부터 좋은 습관을 들였어야 했는데…….

자신을 책망하던 우조의 머리에 또 하나의 생각이 떠올랐다.

각혈을 할 때는 따뜻한 물을 마시고 가만히 누워 있으면 증세가 가라앉았다. 그럴 땐 기력이 없을뿐더러 일어나면 더 심해서 도움이 필요했으므로 우조는 윤슬에게 자세히 설명하면서 커피포트에 물을 끓여서 찬물을 타는 연습시켰다.

아버지상을 치르고 집에 돌아온 우조는 일주일을 굶었고, 위험할 정도로 각혈을 했다. 그렇지만 윤슬 아빠는 물론이고 윤슬도 우조를 그대로 방치했다. 우조가 지독한 몸살 때문에 여러 날 누워 있어도 윤슬은 밥을 하거나 설거지를 한 적이 한 번도 없었다.

'어디서부터 잘못된 것이 아니라, 어디인가가 고장 난 것인지도 몰라.'

우조는 불현 듯 이런 생각이 들었다.

윤슬이 왔다. 생리대에 대해 물었지만, 그날 여러 명이 왔었기 때문에 누가 그런 짓을 했는지 모르는 일이라며 오히려 우조를 이상한 사람으로 취급하려 들었다.

욕조가 너무 더러워서 닦을 염도 나지 않았고, 담배 냄새가 밴 도배를 갈고 싶어서 업자를 불렀다. 집에 책이 워낙 많아서, 도배를 하고 마를 때까지 일주일간 짐을 이삿짐센터에 맡겨야 한다는데 그 비용이 만만치 않았다.

그러던 차에 친하게 지내던 지인이 집을 정리한다고 우조네 집을 팔고 자기 집을 사라고 했다. 지인의 집은 수리한 지 얼마 안 될 뿐더러, 세컨 하우스였으므로 가전제품 일체를 그대로 두고 갈테니 우조에게 쓰라고 했다. 우조는 살던 집을 부동산에 내놓고 담보대출을 얻어 그 집으로 이사했다.

문창과를 졸업한 윤슬은 출판사에서 일하고 싶다며 그쪽 계통의 학원을 알아보고 있었다. 그 소리를 들은 우조의 지인이 자기 회사에서 직원을 뽑는다고 해서 윤슬이 지원했고 취직이 되었다. 삼 개월의 인턴 기간을 거치고 윤슬은 정식 직원이 되었다. 윤슬이 직장 의료보험에 가입되었고 우조도 피부양자의 자격을 얻었다. 우조는 그동안 들고 있던 짐 하나를 내려놓는 기분이었다.

윤슬은 아빠 집에서 직장에 다녔다.

그런데 서울에 있던 출판사가 파주로 이사가게 되어 윤슬은 방을 얻어야 했다.

"너희 아빠는 뭐라고 하니?"

"아빠, 돈 없대. 나보고 알아서 하래. 내가 번 돈 있잖아."

우조는 그동안 윤슬이 알바해서 돈을 가져오면 모아서 등록금에 보탰다. 윤슬이 허전해 할까봐, "네가 번 돈은 모두 적어 두었다가 너 장가갈 때 보태줄게"라고 말해왔는데, 그걸 윤슬이 거론하는 거였다.

먼저 살던 집은 아직 나가지 않아서, 대출금의 이자 내랴, 빈집의 관리비 내랴 우조는 무척 쪼들리는 상황이었다.

"집이 팔리면 대방을 얻어줄게. 그때까지만 아빠 집에서 다니면 안 되겠니?"

"안 돼. 아빠 집에서 파주는 끝에서 끝이라서 왕복 일곱 시간이나 걸려."

결국 우조는 지인에게 사채 돈을 빌렸다. 윤슬은 그 돈에다 전세 대출을 받아서 회사 근처에 방을 얻었다.

금나라 재단 이사장이라는 사람에게서 연락이 온 것은 그 즈음이었다.

"우리 어머님은 삼 년 전에 돌아가셨어요. 금나라 재단에 대해 책을 내려고 이렇게 전화를 드렸습니다."

우조는 잠시 눈을 감고 호흡을 골랐다. 우리는 좋은 친구가 될 것 같다는 그 어른의 얼굴이 떠오르면서 눈물이 나왔다.

'평안히 영면하소서!'

기도를 마치고 대필 서류철을 뒤졌다. 예전에 이사장에게서 금일봉을 받았을 때 '은진미륵에서 파랑새를 보았다.' 라고 적어두었던 그 봉투와 이사장의 육성이 담긴 녹취록을 챙겨 들고 논현동에 있는 금나라 빌딩으로 갔다.

사무실 외관은 그대로 있었으나, 벽면에 있던 액자들은 다 없앴다. 그리고 작고한 이사장의 사진과 그의 딸인 현재의 이사장 사진만 걸려있었다. 모녀는 젊은 시절과 늙은 시절을 찍어 놓은 듯 판박이였다. 우조는 두 손을 모으고 작고한 이사장 사진앞에 묵례를 했다.

이사장이 대필 조건을 설명했다.

'금나라 재단의 발전사'를 조망해보려고 하며 재단 설립자의 이야기는 간단하게 한 꼭지 넣고 현재와 미래의 비전을 중점적으로 기술해주기 바란다. 이사장 실이 비어있으니 사무실로 써라, 대필이 끝날 때까지 활동비 명목으로 매월 월급을 주겠다, 1, 2, 3부 세 권을 써 달라. 만일, 돈이 필요하다면 1권에 해당하는 금액을 선지급 해줄 수도 있다.

과분할 정도로 좋은 조건이었다. 우조는 잠시 숨을 고르다가, 이사장과 눈이 마주쳤다. 그 눈빛에서, 우조가 더 나은 조건을 제시하려고 뜸을 들이고 있다고 의심하는 것 같다는 느낌을 받았다. 우조는 자존심이 상했고 머릿속이 혼란스러워졌다.

"생각을 좀 해보겠습니다."

라고 우조가 말할 때, 이사장에게 전화가 걸려왔다. 그러자 이사장은 통화를 하며 밖으로 나갔다.

'뜨거운 감자를 먹으면 안 돼!'

우조는 자신에게 주입시키면서 찻잔을 들었다. 그동안 윤슬과 있었던 일들이 떠올랐다.

방을 얻어주고 나니, 하나에서 열까지 별 게 다 필요했다. 집에 있는 것을 챙기고, 지인들에게 얻어서 구색을 맞춰 주었다. 당장 밥솥이 필요했지만 그건 너무 비싸서, 냄비에 해 먹으라고 했다.

그 뒤, 우조는 한 출판사의 응모 작품의 예비 심사를 보러가게 되었고, 심사를 마치고 윤슬의 집에 들렀다.

지인으로부터 얻은 냄비를 가리키며 윤슬이 말했다.

"저것만 보면 난 너무 우울해."

"그렇게 싫으면 카드 할부로 사지?" 라는 말이 목구멍까지 치밀었지만 우조는 다른 말을 했다.

"당장 전기밥솥으로 사. 엄마 심사료 받았잖아."

우조는 심사료를 받으면 노트북을 새로 장만하려고 했다.

그 해 가을 친정에서 쌀을 부쳐 와서 그대로 윤슬에게 보내주었다.

그 이듬해에도 심사의뢰가 들어 와서 일을 마치고 윤슬이 집에 갔다. 그런데 지난해에 부친 쌀이, 택배 박스의 테이프도 떼지 않은 채 방 한구석에 처박혀 있었다. 회사에서 점심과 저녁을 먹을 때가 많고 들어오면 밥하기 귀찮아서 주로 사 먹는다고 했다. 집안이 쓰레기 천지였고 변기에는 오줌 찌꺼기가 노랗게 끼어 있어서 그걸 치우다보니 지쳐서 외식을 하기로 하고 밖으로 나왔다. 심사 보느라고 신경을 쓴 데다 여독도 쌓여 입이 깔깔하고 많이 피곤했다.

"뜨거운 된장찌개 먹고 싶다. 된장찌개 잘하는 돼지갈빗집 없니?"

윤슬이 익숙하게 걸음을 옮겨 우조를 데리고 간 음식점은 초밥을 전문으로 하는 일식집이었다. 소문난 맛집이라며 윤슬은 맛나게 먹었지만 우조의 입맛에는 맞지 않았을 뿐더러 양도 적었다. 그렇지만 윤슬이 계산하겠다고 해서 더 시키지도 못하고 숟갈을 놓았다.

"뭐 필요한 거 없니?"

"컴퓨터 사줘. 너무 느려. 우조는 이번에야말로 노트북을 바꿀 생각이었지만 윤슬에게 컴퓨터를 사라고 심사비에 더 보태서 백만 원을 그 자리에서 송금해주었다.

우조의 머릿속에 다시 한 번, 뜯어보지도 않은 채로 윤슬의 방에 쳐 박혀 있던 택배 상자가 떠올랐다.

이사장이 들어와 자리에 앉았고 비서가 다시 따뜻한 차를 내왔다.

우조는 쇠뿔을 단김에 빼는 심정으로 말했다.

"고맙습니다만 사양하겠습니다. 제가 몸이 좀 좋지 않아서요."

의외의 대답에 놀랐는지, 아니면 선의를 무시한다 싶었는지 이사장은 아무런 대응이 없었다.

우조는 챙겨 온 봉투와 녹취록을 건네주면서 말했다.

"직원을 고용할 때, 머리 좋은 사람보다는 측은지심이 있는 사람인가를 보셨다고 합니다. 이사장님 말씀 중에 이 부분이 가장 인상 깊었습니다."

이사장과 헤어져 돌아온 우조는 그동안 손발 맞춰 일했던 출판사에 전화해서 작품을 쓰려고 한다, 그 일에서 완전히 손을 뗄 수 있도록 일감이 들어와도 연락하지 말아 달라고 말했다. 통장에 잔고가 떨어진 상황에서 이렇게 선언하고 나니, 삶으로부터 퇴출당한 것처럼 불안해졌다.

일 년에 한 번 정도로 문예지에 발표한 작품에다 새로 두 편을 써서 창작집 『무녀리』를 출간했다. KBS 〈라디오 독서실〉 프로의 구성작가로부터, 『무녀리』 안에 들어있는 단편 「무녀리」를 단막 드라마로 방송 하고 싶다는 연락을 받았다. 각색한 작품이 방송되는 앞뒤로. 작가와 평론가가 그 작품에 대해 이야기를 나누는 형식이어서 우조는 방송국에 나가야 했다. 그때 우조는 불현듯,

83년도에 〈황인용 강부자〉 프로의 피디가 생각나서, 그분이 아직도 계신가 알아봐 달라고 부탁했다.

녹화를 마치고 우조는 그 피디를 만났다. 우조에게 작가적 소질이 있으니 전문대라도 꼭 가라고 조언해준 그 피디가 라디오 부국장이 되어있었으며 자기가 우조에게 했던 말까지도 기억해 내서 두 사람은 아주 반가운 해후를 했다.

3부
어린 새들이 울고 있다

리사이클링

풍자 씨는 현관 앞에 앉아 쥐눈이콩을 고르는 중이다.

"너, 안적두 콩나물국밥 좋아하니?"

"어."

"끓여먹어 봤어?"

"어."

"맛있어?"

"아니."

"우티게 끓였길래."

"엄마가 가르쳐 준 대로 했지. 새우젓도 넣고 콩나물하고 대파는 살캉하게 익……."

"뭐라구! 잘 안 들려."

풍자 씨가 쥐눈이콩 고르기에 진력이 나서 자꾸 말을 시키는 것 같아서, 거실에 앉아서 유튜브를 보던 우조는 현관으로 간다.

풍자 씨가 성한 콩 그릇에서 쭉정이 두 알을 집어 든다.

"찌그랭이는 싹 안 나, 잘 줌 골러."

우조는 안경을 벗어서 옷소매로 닦는다.

"쯔쯧, 안경을 쓰구두 안 보이나 보구만. 난 바늘 귀두 다 꿸 수 있는데, 귀두 잘 들리는데……. 죽기 전에 이런 거 다 너한테 물려 줬으문 좋겠다."

"노 땡큐."

우조가 고개를 젓자, 풍자 씨가 일손을 멈춘 채 우조를 본다.

"신체발부는 수지부모라……."

"왜 갑자기 문자는 쓰구 지랄여?"

"그건 외할머니한테 불효하는 거야. 부모님께 물려받은 육신은 죽는 그 날까지 잘 간수했다가 갖고 가는 게 효의 근본이라고 공자님이 말했거든."

우조는 안경을 벗어서 옆에 놓고 콩을 한 줌씩 쥐고 한 개, 한 개 살펴 가며 고른다.

"고장 난 경운기, 이양기, 모자리판, 비료포대, 고철, 파지, 냉장고, 컴퓨터 삽니……."

"아이구 저이 오래간만에 온다. 한동안 오지 않아서 어디 아픈가, 했는데."

소리가 멈추고 운전수가 차 문을 연다. 풍자 씨의 집은 기단이 높아서 현관에 앉아 있으면 도로가 다 보이고, 도로에서도 현관이 훤히 보인다.

고물장수가 대문 안으로 들어서며 모자를 벗는다.

"장풍자 할머니, 그간 별고 없으셨어요?"

"어이 와유. 사람 사는 집이니 별고는 줌 있지만 난 아직두 이렇게 살어 있네유."

"한수는 어떻게 됐어요? 요새 미스터 트롯인가 그게 떠서 난리가 났던데."

풍자 씨는 대답하지 않는다.

"한수는 거기 안 나갔대요?"

"첫 번째는 올러 가구, 두 번째 시합에서 떨어졌대는데 난 그나마두 못 봤어유."

"출연한다고 소문을 내지 않았나 보네요. 계속하겠지요?"

"몰러유, 요즘엔 바쁘다구 내 전화는 통 안 받으니까."

"근데 참. 농협 상무가 자기 큰누나 주려고 가재 잡으러 갔다가, 목사네 개한테 다리를 물렸는데, 그 목사가 알거지라서 병원비 한 푼도 안 주고 배 째라, 한다면서요?"

"여보세요!"

"아, 네."

우조가 불렀고 고물장수가 대답했다.

"농협 상무가 먼저, 알아서 할 테니 걱정 말라고 한 거거든요!"

"한수 큰 고모님이신가 보네요."

우조는 대답하지 않는다.

"인사드릴게요. 저는 한수가 대성하기를 바라는 한수 찐 팬입니다요."

"찐 팬을 자처하는 분이 그렇게 말을 책임감 없이 퍼트리고 다니면 되겠어요? 목사 네가 알거지라느니, 근거 없이 그딴 말을 퍼트리고 다니면 되겠느냐고요."

"고물장수라는 직업이 단순히 고장 난 고물만 취급해서는 목구멍에 풀칠하기 어려워요. 이 동네 저 동네 얘기도 주워다가 경로당에 전해 드려야, 점심이라도 먹고 가라고 하고 고장 난 물건도 모아 놨다 주고 그러거든요. 하여간에, 이제부터는 누가 물으면 농협 상무가 먼저 치료비 안 받겠다고 했다고, 제대로 전하지요. 그건 그렇고요, 가재는 잡았나요? 어떤 경로당에 갔더니, 그걸 물어봅디다. 그 이들도 한수 아빠를 아주 잘 알거든요."

"잡긴 잡었는데 …… 우리 큰애가 도루 개울에다 뷔 줬어유."

고물장수가 더는 묻지 않고 고개를 끄덕이며 밖으로 나간다. 소리를 싣고 웃땀으로 올라간다.

"저이 소댕이 살어. 젊어서는 서울 미사리 술집이서 노래 불렀대여. 그런데 마누라가 바람나서 도망가구부터, 소댕이루 내려와서 개 키웠는데 요즘은 누가 보신탕을 먹어야 말이지. 저이가 우리 한수 뒤 많이 봐줬어. 솥단지나 빠께스 그런 거 뫄다 줬어. 나중엔 진짜 드럼두 구해다 줬구, 후배가 쓰던 거래여. 우리 한수를 보문 왕년에 자기 보는 거 같어서 안쓰럽대여."

우조는 한수가 드럼을 갖춰놓고 음악을 하던 일이 떠오른다.

공부 잘하는 애한테 기타까지 사줘가며, 두 마리 토끼를 잡을 수 있다고 헛바람을 집어 눠서 이 사단이 났으니 당장 내려와서 해결을 하라는 풍자 씨의 전화를 받고 우조는 급하게 친정에 내려갔다.

"니가 싼 똥은 니가 치우라고 전에두 말한 적 있지? 니가 책임져. 옥상에 있는 거 다 부숴버리구 공부하게끔 만들란 말여."

"할머니! 내가 좋아서 하는 건데, 왜 자꾸 고모한테 그래요, 미안하게……."

할머니한테 대들다가 한수가 결국 울음을 터트렸고 우조는 속이 상했다. 한편으로는 한수의 이유 있는 고집이 예능인 기질일 수도 있지 않을까 싶었다.

"한수야. 내가 작가가 되면 당신 손가락을 장에 지진다고 한 사람이 있었어."

"진짜요?"

우조는 한수의 말에 고개를 끄덕였다.

"큰고모 작가 됐잖아요. 그래서 그 사람 손가락을 장에 지졌어요?"

우조가 곁눈질로 풍자 씨를 보자, 풍자 씨가 고개를 숙였다.

"따라 해봐, 개들이 짖어도 기차는 간다."

"개들이 짖어도 기차는 간다."

"고모가 무슨 말 하는지 이해했지?"

"네. 근데요, 고모가 작가 되면 손가락에 장 지진다는 사람,…… 누구예요?"

"누군지 까먹었어. 할머니한테 여쭤봐."

"나여. 내가 그랬어."

풍자 씨가 기어들어가는 목소리로 말했다.

"엄마, 그 얘길 하자는 게 아니에요. 우리 한수 편이 되어줍시다. 대학교 들어가면 연습실에 가서 하면 돼요. 그러니 그때까지 좀 봐 달라고 양해를 구하고, 이웃집과 경로당에도 봉투 인사 좀 해요. 할머니가 손주를 위해서 그것도 못해요?"

그런 과정을 겪고 한수는 지방의 실용음악과에 들어갔다.

곤줄박이 한 마리가 장미 나무 덩굴 위로 날아와 앉는다. 풍자 씨가 쥐눈이콩 쭉정이를 마당에 뿌려준다. 곤줄박이는 사뿐히 내려와서 콩을 물고 날아간다. 잠시 후에 곤줄박이 친구들이 한패 모여와서 먹이를 물고 날아간다.

먹을 게 저렇게 많은데 한 번에 한 개 씩만 물고 날아간다, 새는.

우조가 머릿속에 이런 문장을 메모하고 있는데, 카톡이 온다. 경혜경이다.

언니 뭐해? 통화해도 될까?

"윤슬이니?"

풍자 씨가 물었다. 우조는 자신도 모르게 반가운 빛을 띄었나, 싶어진다.

우조는 경혜경이 반갑다. 자주 연락하지는 않지만 한번 했다 하면 보통 한 시간은 수다를 떤다. 그런데 지금은 풍자 씨와 쥐눈이콩을 고르는 중이고, 이 일을 마치고 나면 점심도 차려야 하기 때문에 '오후에 전화 할게.' 라고 답을 보내고 휴대폰을 끈다.

"잘 있니?"

풍자 씨가 물었지만, 우조는 못들은 체한다. 윤슬과는 자주 연락을 하지 않기 때문에 대답이 궁하다.

"휴우……!"

풍자 씨의 한숨이 깊다.

"그거, 말여. 사고니, 아님 지가 지 발루 물에 들어간 거니?"

우조는 한숨으로 대답을 대신한다.

"윤슬이가 군대 있을 때두 한번 기절한 적이 있다면서. 그걸루 보문 병인 거 같구. 여자하구 술 먹구 빠졌대는 거 보문 그건 또 일부러……."

"그만합시다."

우조는 어깨가 무겁고 몸이 가라앉는다. 주먹에 쥐고 있던, 고르지 않은 쥐눈이콩을 곤줄박이 무리에게 뿌려주고 손을 털고 일어선다.

우조는 또렷이 기억한다, 필시 무슨 일인가가 일어나고야 말 것 같은 아주 불쾌하면서도 불안했던 그 아침을.

숨이 가빠올 정도로 가슴이 뛰어서 우조는 촛불을 켜놓고 앉아 마음 수련을 하고 있었다.

모병기에게서 전화가 온 것은 초가 제 몸을 반 토막 정도 산화한 시점이었다. 기습적으로 울린 벨소리에 우조는 드디어 올 것이 왔구나 싶었다. 벨은 집요하게 울어대다가 꺼지더니 또다시 울렸고 우조는 통화 버튼을 눌렀다. 모병기였다.

윤슬이 K대 연못에 빠졌다고, 구조되어서 응급실로 실려 갔으니 속히 오라고 모병기가 말했다. 순간 우조는 호흡이 힘들어지면서 목에서 피가 나왔다. 조치원에 내려오고 난 후 증세가 없어서, 이제 완치되었다고 마음을 놓았는데, 모병기의 목소리를 타고 각혈이 출현했다.

우조는 정신이 아득해지는 상황 속에서 간신히 우영에게 전화를 걸었다. 우조의 상황을 들은 우영이 말했다.

"너무 걱정 말고 진정하고 있어, 문기하고 같이 갈게, 언니."

우조는 자신이 연극 대본을 쓰고 있는지도 모른다고 생각했다.

단원은 네 명이다. 돈이 생기는 일에는 승기가 나서서 장남 운운하며 큰소리 치고, 불편하거나 성가신 일에는 막내인 문기가 조용히 팔을 걷어붙이면 셋째 우영이 거들고, 일이 어느 정도 진화되고 나면 우미가 머릿수를 채웠다. 사건의 성격에 따라 주연과 조연이 바뀌었지만 승기와 우미는 제 밥벌이가 우선이며 부모나 형제가 어려운 상황에 처하면 행인1의 역할만을 했다.

우조가 머릿속으로 연극 대본의 초고를 매만지는 사이에 우영과 문기가 왔다.

우조가 동생들과 K대 병원으로 갔을 때, 윤슬은 일반 병실로 옮겨진 상태였다. 병실 문을 열자 윤슬은 멀쩡하게 누워 있었다. 그런데도 우조는 눈물이 나와서 말문을 열지 못했고 윤슬이 몸을 일으키며 말했다.

"죄송해요."

우영이 다가가 윤슬을 끌어안았다.

"얼마나 놀랐는지 알아, 이 나쁜 놈아!"

"괜찮아. 글쟁이가 되려면 그런 객기도 한번쯤 부려보고 그러는 거지 뭐."

문기가 다가가 말했다.

동생들을 놔둔 채, 병실을 빠져나온 우조는 간호사들이 있는 스테이션으로 갔다.

어떻게 된 상황인지 자세히 좀 알려달라고 말하자, 담당 간호사가 우조를 데리고 한쪽으로 가더니 자기가 보고 들은 내용을 이야기 해줬다.

여자와 함께 실려 왔고, 둘 다 술에 몹시 취한 상태였고 지금은 정상적으로 회복하고 있다고 했다.

'이건 뭔가 잘못되었다. 윤슬은 지금까지 술에 취해 집에 들어온 적이 없다, 단 한 번도.'

아무래도 여자에게 원인이 있는 것 같았으므로 우조는 함께 실려 왔다는 여자의 이름과 병실을 알아내어, 문병객인척 하고 들어갔다.

여자는 벽 쪽으로 돌아누워서 자고 있었고, 침대 옆에는 네댓 살 정도로 보이는 여자애가 장난감을 갖고 놀고 있었고, 남편으로 보이는 남자가 입에 공갈 젖꼭지를 문 아기를 안고 서 있었다.

유부녀와 함께 술을 마시다가 실족했다니, 이 남자에게 미안하다고 사과를 해야 할지, 아니면 왜 마누라를 제대로 간수하지 못 해서 이런 불상사를 초래하게 했느냐고 따져야 할지, 우조는 그야말로 멘붕이었다.

물의를 빚은 여자를 일으켜서, 젖먹이까지 달린 애 엄마가 왜 외간남자와 인사불성이 되도록 술을 먹냐고, 왜 남의 집 귀한 아들의 앞길을 막느냐고 따귀를 갈려주고 싶어서 우조는 분통이 터졌고 결국 각혈로 표출되어서 그 병원 응급실로 직행했다.

자신의 업이 너무 커서 윤슬의 인생에도 모병기 같은 계집애의 덫에 씌워진 것만 같았다. 한번은 만나서 담판을 지어야겠는데, 그 화냥년이 사실은 그 아이가 윤슬의 아이라고, 나 이혼하고 애들 둘 데리고 윤슬과 결혼한다고 나올까봐 겁이 났다.

그러던 어느 날, 우조가 건강보험 피보험자의 자격을 상실해서 지역보험자로 전환되었다는 우편물을 받았다. 윤슬에게 전화를 걸어봤지만, 받지 않았다. "너 혹시 회사 그만뒀니?"라고 문자를 넣자, 즉시 "네."라는 답이 왔다.

윤슬이 그동안 한 행동들이 한 쾌에 꿰어졌다. 대학에 붙어 놓고 방학 동안에 우조 앞에서 숙제 한 것을 끝으로 작파해버렸고 회사에 취직을 시켜줬지만 그것마저도 제대로 해내지 못하고 도태되어버린 것이었다.

우조에게 윤슬은 희망이고 자존심이었는데 윤슬 자신은 이미 희망을 잃고 방황한 지 오래된 것 같았다.

실업급여로 생활하고 있는 윤슬이 신경쓰여서, 조치원 집에 가서 살든지, 혼자 지내기 나쁘면 유정리로 내려와서 함께 지내자고 말했다.

그러나 윤슬은 곧 취직이 될 예정이라고 했다.

우조는 코로나 사태가 진정이 되고 풍자 씨의 증세가 좀 누그러지면 파주로 가서 윤슬의 방을 청소해 주고 상태를 점검해야겠다고 생각했다.

너의 이름이 너를 돕기를!

경혜경에게서 연락이 왔다.

"언니, 우리 만나자. 내가 여주로 내려갈게."

경혜경이 스카우트 제의가 들어와서 이번에 다른 케이블 티비로 이직하게 되었으며, 〈트로트 차차차〉라는 오디션 프로그램을 새로 맡게 되었다고 했다.

"좋아, 내려와. 그런데 우리 엄마도 모시고 다녀야 해. 치매기가 있어서 혼자 두면 밤에 헛소리하고 막 그래."

"오케이. 신륵사에도 가고 여강 바람도 쐬면서 쏘가리 매운탕도 먹자, 언니."

경혜경이 내려왔다. 우조는 풍자 씨를 모시고 셋이서 여주 투어를 했다.

"오랜만에 신륵사 구경두 하구, 맛난 것두 먹고 날마다 오늘처럼 지내문 여한두 읎겠네. 또 놀러와유, 삽짝문 개업식 할 때 내가 연락할 테니 꼭 와유."

삽짝문이란 이 지역에서 사립문을 일컫는 사투리이다.

모내기와 보리 베기까지 끝내고, 하지 즈음이 되어 서서히 더워지기 시작

하면 풍자 씨는 막걸리를 담았다.

"올핸 삽짝문 개업식 안 해유?"

이웃 사람들이 풍자 씨에게 물었다.

"걱정마유, 막걸리가 익구 있으니까."

'소서' 즈음의 개인 날 저녁을 잡아, 풍자 씨가 대문에 등불을 내다 걸고, 멍석을 깔아 놓으면, 이웃 사람들이 형편 되는 대로 음식을 가져오고, 전을 부치고 해서 '삽짝문 개업식'이 시작되었다. 권커니 잣커니 막걸리를 마시다 보면 자연스럽게 노래판이 벌어졌다. 빨래판을 젓가락으로 긁고, 양동이를 두드리고, 숟가락을 통에 담아 흔들며 놀았다.

우조와 경혜경이 거실에 앉아서 이야기를 나누었다.

"이번에 맡은 프로가 잘 됐으면 좋겠어. 내가 지은 가사를 우승자에게 부상으로 주는 거야. 언니도 응원 많이 해줘. 그런데 저건 무슨 사진이야?"

경혜경이 거실에 걸려있는, 색소폰을 부는 한수의 사진을 보면서 물었다.

가수 지망생이라고, 이번에 〈트로트 차차차〉에 참가하니 잘 좀 봐 달라, 고 말하고 싶은 걸 우조는 간신히 참고 입을 다물었다.

*

우조는 화선지를 펼쳐 놓고 붓을 잡는다.

文章李太白 筆法王羲之

문장은 이태백이요, 필법은 왕희지로다.

글씨를 본떠서 쓸 때는 정신이 집중되어서 좋고, 문장의 의미를 이해할 때는 또 그 나름대로 유익하니, 마음을 닦는 데는 붓글씨만 한 것도 없다.

"들어가도 되니?"

"혼자 있고 싶은데?"

풍자 씨가 들어온다.

"메나리 뜯으러 갈래?"

우조는 못들은 체 하며 붓을 놀린다.

"붓만 붙잡구 있으문 다니? 거기서 밥이 나오니 국이 나오니, 메나리나 뜯으러 갔이문 좋겠구만. 한수가 메나리 부침개를 좋아하는데……."

한수가 제 엄마 기일이라서 내려왔다. 한수 엄마는 한수가 세 살 때 암으로 죽었다. 그래서 한수는 엄마 소리도 한 번 못해보고 할머니 손에서 자랐다.

"여기서 아는 글자 있나 찾아봐요. 있으면 가고 없으면 안 갈 거야."

풍자 씨는 우조가 써놓은 글씨를 찬찬히 살펴보더니 손가락으로 한 자를 가리킨다.

"이거."

"읽어봐요."

"이! 오얏이. 오얏이 자 맞어, 이거."

"이 노인네 대단하네? 그런 것도 알고?"

"황소가 뒷발질 하다가 깨구락지 잡은 거나 매한가지여."

"그러고 보니 이 씨는 모두 오얏이 자를 쓰는구나. 일본이나 러시아에는 이 씨가 없는데 중국에는 이 씨가 있네."

"우리 할무니가 날 엄청 이뻐 했다고 말했었지? 동네 야학이 들어와서, 거기 보내 달라구 할무니한테 졸렀더니, 팥을 한 말 퍼 이구설라무네 날 데리고 갔어. 그 야학 선생님이 감동 받아서 할무니 성함을 물었어. 그러자 할무니가 이름은 알거 없고 성은 이가라오, 하면서 '李' 자 한 자를 딱 써놓고 효령대군 후손이라고 했어."

"건강 좋아지면 엄마 이름 한자로 가르쳐 드릴게. 엄만 머리가 좋아서 금방 배울 거야. 미나리는 내일 뜯으러 갑시다. 한수가 부탁한 게 있어서 그걸 좀 해야 되니까, 엄만 좀 나가 있어. 머리도 감고 집도 좀 치우고, 할 수 있지?"

풍자 씨가 방을 나간다.

한수는 이번에 경혜경이 구성작가로 진행한다는 〈트로트 차차차〉에 참가한다며 예명을 지어달라고 했다.

한수가 왔다.

"모집공고 티저 영상 떴어요. 완전 뉴페이스 그러니까, 원석을 발굴하는 게 이번 컨셉이래요. 제가 생각해둔 이름은 여강인데 꼭 맘에 드는 건 아니에요."

우조가 노트북을 한수 쪽으로 돌려놓는다.

"'한수한'. 고모 대학 동기 이름 중에 앞뒤가 같은 글자를 쓰는 동기가 있어, 경혜경이라고. 거기서 착안한 거야. 한수는 큰 강을 뜻하지. 앞으로 해도 뒤로 해도 마르지 않는 한강물."

"한수한으로 할래요."

"동명이인이 없는지, 검색해봐."

"고모가 이미 했을 거잖아요. 한수한, 이거로 할래요, 고모."

"그럼 그러자. 셀프 홍보 문구는 '앞으로 해도 뒤로 해도 한수한.' 이렇게 잡도록 알았지?"

"감사해요, 고모가 우리 고모라서 좋아요."

우조가 한수의 볼을 집고 흔들어 준다.

"너의 이름이 너를 돕기를, 기도할게."

한수는 무척 감동 받은 눈빛으로 우조를 바라보았다.

우조가 노트북을 끄고 거실로 나온다.

"할머니, 제 이름은 이제부터 한수한이에요. 앞으로 해도 한수한 뒤로 해도 한수한, 그러니까 한수한으로 투표 많이 해달라고 해주세요."

"알었다, 나는 무조건 네편이니 걱정 붙들어 매여."

"고모 이름은 무슨 뜻이에요? 누가 지어줬어요?"

"도울 우佑, 유익할 조助, 자기 자신을 유익하게 돕도록 하라. 그렇게 힘쓰다 보면 결국 남에게도 도움을 주는 유익한 사람이 될 것이다, 그런 뜻이래."

"큰 고모 이름은 느 증조 할아부지가 지어주셨다. 호랑이 해, 호랑이 시에 태어나서, 여자 사주가 너무 세다구. 그 사주 값을 치르지 않게 방지 한다구 남자 이름 비슷하게 지어서 그렇게 된 거여."

"진짜야, 고모?"

"그렇대."

"고모는 고모 이름이 맘에 들어요?"

"나쁘진 않아. 동양 음악에서, '우' 음을 으뜸음으로 하는 조. 다른 곡조보다 맑고 씩씩하다, 라는 뜻도 있고."

"고모가 그래서 하모니카도 잘 부나?"

한수가 고개를 갸웃하는 걸 보면서, 우조는 아, 그래서 내가 노래를 좋아하는지도 모르겠다는 생각이 든다.

*

〈트로트 차차차〉 방송이 시작되었다.

한수는 1차 경연을 통과하고 2차 경연에서 '노랫가락 차차차'로 심사위원에게 올 하트를 받았다. 느낌이 좋았다. 동네 사람들이 풍자 씨의 집을 지날 때면 큰 소리로 "앞으로 해도 한수한, 뒤로 해도 한수한!" 이라고 구호를 외치며 지나갔다.

'대국민 응원 투표'에서 한수가 1위에 올랐다.

3차 경연은 팀 미션이었다. 스물다섯 명이, 다섯 개의 팀을 짜서 경합을 벌이게 되는데, 인기 순위 5위에 든 가수가, 네 명을 뽑아서 팀을 구성한다.

'대국민 응원 투표'에서 1위를 한 한수에게 가수 지명권이 먼저 주어졌다.

한수는 음색이 곱고 샤우팅은 되는 반면 남자다운 굵은 톤의 저음이 부족하다는 평을 들어왔다. 먼저, 자신과 찰떡 호흡을 자랑할 수 있는 가수 한 명 그리고 취약 부분을 보완할 가수 두 명, 퍼포먼스로 양념을 쳐줄 가수를 한 명 뽑았으며 팀 이름을 '노랫가락 차차차'로 했다.

밀물과 썰물

'대국민 응원 투표' 1위의 보너스가 주어졌다. '한수한의 음악 스토리' 영상을 3차 팀 미션 때에 방영하는 것이다.

방송국 촬영팀이 풍자 씨 집으로 왔고 경혜경도 물론 그 속에 있었다.

녹화를 하기전에 먼저, 한수 이야기를 들려달라고 했다.

한수는 새엄마가 잘 대해주는 데도, 눈치가 보여서 할머니 집에서 지냈다. 할머니는 노래를 좋아해서 자연스럽게 흘러간 노래를 많이 듣고 부르게 되었다. 그리고 가수를 포기할 위기가 많았는데 그때마다 큰고모가 용기를 주어서 버틸 수 있었다.

이어서 풍자 씨에게 마이크가 넘겨졌다. 기를 못 펴고 헛짓을 하나보다 했는데, 지금 보니 오히려 음악이 한수를 살린 것 같다. 이번에 꼭 일등했으면 좋겠다.

스탭만 해도 열 명이 되었고 3차 경연에 참가한 '노랫가락 차차차' 팀원까지 합하면 이십여 명이 되었다.

마을에서 긴급회의가 열렸다. 시끄럽고 복잡스럽겠지만 양해를 구한다, 그렇지만 좋은 일이니, 장소 문제를 해결할 만한 의견을 말씀해 달라고 이장이 말했다.

문제는 의외로 쉽게 풀렸다. 바로 개 주인 목사에게서 '꿈에 그린 교회'를 본부로 쓰라는 제안이 들어온 것이다. 한수 아빠 치료비를 못 갚아서 늘 죄인처럼 살았는데 이 기회에 조금이라도 그 빚을 갚고 싶다고 한 것이었다. 교회에 피아노와 기타가 있고 목사가 피아노를 칠 줄 아니, 반주 담당을 책임지겠다고 했다. 이웃교회에서도 유정리 부녀회와 함께 식사 봉사를 돕겠다고 했다.

풍자 씨 집 대문 앞에서 '삽짝문 개업식'하는 것부터 촬영하기로 했다.

해가 넘어가자, 풍자 씨 집은 사람들로 북적인다. 미리 담가놓은 막걸리를 거르고 바깥마당에서는 옛날 하던 풍습대로 무쇠 솥뚜껑을 뒤집어 놓고 솔가지 솔로 들기름을 둘러가며 녹두빈대떡을 부친다. 감주를 이고 오는 사람, 수박과 참외를 들고 오는 사람들이 속속 모여든다.

유정리 부녀회 팀에서는 멍석에 음식을 차려놓았다.

드디어 촬영 감독의 큐 사인이 떨어지자 노랫소리가 울려 퍼진다.

"노세 노세 젊어서 놀아…… 얼씨구 절씨구 차차차, 지화자 좋구나 차차차……."

'노랫가락 차차차'가 3차에서 1위를 했다.

〈트로트 차차차〉 우승과 상관없이 한수는 이미 스타가 되었다. 〈인생극장〉 프로에서 5부작을 찍기로 했고 광고도 두 건이나 들어와서 계약을 했다.

우조는 지금 이 상황이 곧 밀려나 버릴 썰물과도 같은 현상은 아닌지, 헛꿈에 불과한 환상은 아닌지 하는 느낌이 들면서 기억 저편에 갇혀 있던 영상이 펼쳐졌다.

*

우조가 스물한 살 때였다.

우조는 그때 아르바이트를 했었는데 손님 중에 모병기라는 사람이 있었다. 처음부터 치근덕대며 다가와서 우조는 의도적으로 그를 멀리했다. 그가 대놓고 쫓아다녀서 파출소로 피했다. 그렇지만 그땐 스토킹에 대한 법이 없었기 때문에 오히려 잘해보라는 조롱을 듣고 나와야 했다.

"난 이 나이 먹도록 한 번도 여자와 바캉스를 가본 적이 없어. 한 번만, 딱 한 번만 가주면 다시는 너를 괴롭히지 않을게."

우조는 죽으면 죽었지, 아저씨와는 사귈 마음이 없으니 쫓아다니지 말라고 인간적으로 부탁해봐야겠다는 생각이 들었다.

"좋아요, 아침에 갔다가 해가 떨어지기 전에 서울에 도착하는 조건이라면 갈게요."

그렇게 해서 우조는 모 씨와 바캉스를 가게 되었다.

목적지 용유도를 가기 위해 인천에서 배를 탔다.

배에서 내리자, 고성능 앰프에서는 당시 한창 유행하던 '너'라는 노래가 고막을 찢을 듯이 흘러나왔고 '축 을왕리 해수욕장 개장' 이라고 쓴 현수막이 선객을 맞이했다. 을왕리는 용유도를 부르는 또 하나의 이름이었다.

드넓게 펼쳐진 모래사장 한쪽에서는 만국기가 펄럭거렸고 그 밑에서 수영복을 입은 남녀가 앰프에서 흘러나오는 노래에 맞춰 고고 춤을 추고 있었다. 신명이 많았던 우조는 이은하의 '밤차'를 따라 부르며 손가락으로 하늘을 찔러 대면 친구들이 이은하랑 똑같다며 배꼽을 쥐었다. 우조는 모 씨가 아니고 친구들과 함께 왔으면 얼마나 신날까 하는 생각이 들었다. 수영복을 입고 몸을 흔들어대는 여자들을 보는 모 씨와 우조의 눈이 마주쳤다. 우조는 민망해져서 그곳을 빠져나왔다. 해안선을 끼고 반원처럼 한 이십여 호가 늘어서 있는 동네에는 수영복을 입고 샌들을 신은 차림의 관광객들이 대부분이었다.

모 씨가 모래사장으로 오라고 손짓을 해서 우조는 다시 그쪽으로 갔다.

다리가 아프도록 왔다 갔다 하면서 지겨운 시간을 보내고 있는데, 썰물 때가 되었다는, 이제 아주 멋진 쇼가 펼쳐질 거라는 안내 방송이 나왔고, 정말 물이 쑤욱 쑥 빠져나갔다. 넋을 잃고 바라보던 사람들이 하나, 둘 바다로 들어갔다.

우조는 배낭을 벗어서 모 씨 옆 백사장에 던져 놓고 바다로 뛰어 들었다. 무릎까지 찰랑거리는 물살이 원피스 끝자락을 적시더니 물은 이내 도망갔고 우조는 그 물의 꼬리를 잡기 위해 뛰었다. 물만 보고 뛰다가, 물속에 휩쓸려 내려가는 꽃게를 보았으며 얼결에 그것을 덮쳤다가 심한 통증이 일어서 손을 치켜드니, 꽃게가 매달려 있었다. 반사적으로 손을 흔들자, 그 서슬에 꽃게의 몸통은 떨어져 나가고 집게다리만 우조의 손을 물고 있었다. 우조는 집게다리를 떼어냈지만 차마 물에 던져버릴 수가 없어서 손바닥에 놓고 들여다보았다. 아버지의 다리가 생각났다. 육이오 전쟁에 참전했다가 발에 총상을 입은 아버지는 야전 병원에 입원해서 봉합 수술을 받았지만, 상처가 깊어서 그대로 전역하였다. 아버지는 날이 궂으면 총탄이 뚫어놓은 상처가 성을 내서 밤새 발을 긁느라 잠을 자지 못했다. 어느 눈 오는 밤에 우조가 밤마실을 갔다 돌아와 보니, 화로에 고구마를 구워놓고 기다리던 아버지가 우조에게 군고구마 껍질을 까주면서 첫사랑 이야기를 해주었다. 야전 병원에 입원했을 때, 박꽃처럼 하얗고 순정한 간호사가 아버지를 각별히 돌봐주었다고, 아버지는 다리가 가려울 때면 그 간호사가 떠오른다고. 우조가 아버지 상념에 젖어 있는 사이, 물은 벌써 까마득히 먼 곳으로 달아나 버렸으며, 갯벌이 드러났고 사람들이 쏟아져 들어왔다. 쪼그려 앉아서 조개를 캐기도 했고, 엎드려서 줍기도 했다.

우조도 바위 밑 고인 물속을 뒤져보니 소라가 나왔다. 바위 밑을 뒤지면 영락없이 뭔가가 잡혔으므로 우조는 미끄러지고 엎어져 가며, 정신없이 뛰어다녔다. 조개가 많아서 쓰고 간 모자를 벗어서 담았다. 모 씨와의 동행이 창피해서 남들 눈을 피해 가리개용으로 쓰고 간 거였다. 모 씨 생각을 하니 기분이 다운되었다. 죽어도 사귈 마음이 없으니 쫓아다니지 말라고 인간적으로 호소할 용기도 나지 않았을뿐더러, 그간의 행실로 미뤄 인간적으로 매달린다고 해도 들어줄 위인이 아니라는, 그러니까 가급적 피해 있다가 무사히 섬을 빠져나가야겠다고 판단했다. 해안가 쪽으로 나갈 생각으로 발길을 옮겼다. 해안가는 바로 산으로 이어졌는데 바위로 되어 있었다. 기어 올라갈 만한 데가 없나 하고 두리번거리는데 이상한 게 눈에 들어와서 집어보니 라면 봉지에 뭘 담아서 검정 고무줄로 묶여 있었다. 그때, 물이 들어올 시간이 되어가니 이제 그만 나오라고 방송했다. 어서 나가야지 하면서 조개 담은 모자를 머리에 이고 묶음을 풀었다. 만 원짜리 다섯 장에 천 원짜리가 석 장이 나왔다. 라면이 한 봉지에 이십 원이니 상당히 큰돈이었다. 입고 간 원피스에 주머니가 없었으므로 돈을 간수하기가 수월하지 않았다. 한 손에는 소라를 담은 모자 보퉁이를 들고 또 한 손에는 돈을 말아 쥐고 뛰기 시작했다. 위험하다고, 곧 물이 들어올 거라고 다그치는 소리가 온 해안에 퍼졌다. 죽을힘을 다해 뛰다가 갯벌에 미끄러져서 코방아를 찧었다. 일어서면서 돌아보니, 물이 똬리를 튼 뱀 무더기처럼 우조를 향해 밀려들고 있어서 소라 뭉치를 던져버리고 걸음아 날 살려다오, 하면서 이를 악물고 뛰었다. 사람들이 나오라고 손짓을 했다. 천신만고 끝에 우조가 모래사장 가까이에 닿았을 때는 이미 물이 우조의 가슴을 넘어서고 있었다. 잘못해서 발이라도 삐끗하는 날엔 그대로 넘실거리는 파도에 실려 물귀신이 될 수도 있는 상황이었다. 물이 우조를 쓰러트릴 것 같은 일촉즉발의 순간에 어떤 남자가 물에 뛰어들어 손을 내밀었고 우조가 그의 손을 잡고 물 밖으로 나오자 모여 섰던 사람들이 박수를 쳤다. 허리를 꺾고 숨을 토해내다가 우조는 정신이 나서 주변을 둘러보았다. 감사 인사도 제대로 못 했는데 손을 잡아 준 그 남자는 보이지 않았다.

우조는 마을의 수돗가로 갔다.

그런데 거기 수영복만 입고 물을 끼얹는 남자가 있었는데 그가 바로 우조에게 손을 내밀어 준 그 남자였다. 우조는 일단 몸을 숨겼다. 마른 수건으로 몸의 물기를 닦은 그 남자는 벗어놓은 청바지를 헹구어 들고 숲속으로 들어갔다. 우조는 이유 없이 가슴이 뛰었다. 그러다가 모 씨 생각이 났다.

왜 나타나지 않지? 혹시…… 익사?

우조는 고개를 털어냈다. 세수를 하고 옷에 묻은 개흙을 털어내는데, 자꾸만 그 생각이 들러붙었다. 때로는 어떤 사람의 불행이 또 어떤 사람에게는 희망이 되는 경우가 있을 수 있다는 데까지 생각이 확장되는데, 모 씨가 산에서 내려오고 있었다. 모 씨의 손에 들려 있는 자신의 가방을 보자, 우조는 정신이 아득해졌다. 마치 아이를 맡겨 놓고 잠시 외유 하고 돌아온 느낌으로 고개를 숙인 채 가방을 받아들었다. 술 냄새를 풍기며 뒤통수에 솔잎을 매단 것으로 미뤄볼 때, 모 씨는 술을 먹고 소나무 그늘에서 낮잠을 잔 듯 했다. 우조는 그때 앞으로 살아갈 모 씨 인생의 예고편을 본 거나 마찬가지라는 느낌을 받았다.

우조는 아까 주운 돈을 만지면서 생각했다.

나는 오늘 갈 테니 아저씨는 더 놀다 오실래요?

우조가 이런 생각을 하는데, 모 씨가 가자고 고갯짓을 했고 우조는 어쩔 수 없이 그의 뒤를 따라갔다. 미리 봐 둔 모양인지 그는 익숙하게 어느 식당으로 들어갔으며 우조에게는 묻지도 않고 "여기 바지락 칼국수요!" 하면서 자리에 앉았다.

우조는 진종일 갯냄새를 맡아서 멀미가 날 지경이었으므로 작은 소리로 말했다.

"짜장면을 먹었으면 좋겠어요."

주인이 물컵을 들고 오자 모 씨가 다시 말했다.

"국수 두 개요. 바지락 많이 주세요."

"저는 바지락은 빼고 주세요."

"그냥 주세요. 내가 건져 먹을 거니까."

옥신각신했지만 우조의 말은 전혀 반영이 되지 않은 채, 바지락으로 잔뜩 덮인 칼국수 두 그릇이 나왔다. 모 씨는 바지락을 옆으로 밀어내고 콧등 치기 하듯이 후루룩 후루룩 소리를 내며 국숫발을 흡입하고는 끄윽, 트림을 하고 나서 본격적으로 바지락 살을 발라먹기 시작했다. 우조는 밥맛이 떨어져서 숟갈을 들지 않았고 모 씨가 우조의 그릇을 당겨서 바지락을 몇 개 골라 먹고 식당을 나왔다.

중국집 앞을 지날 때 우조의 발이 저절로 멈춰졌다. 뜨겁고 얼큰한 짬뽕 국물을 마시면 속이 개운해질 것 같았다. 짬뽕을 먹고 올 테니 선착장에 가 있으라고 할까, 하는데 배를 이용할 승객은 선착장에 모이라는 안내 방송이 나왔다.

어쩐 일인지 배는 제시간이 되어도 오지 않고 안내 방송도 나오지 않았다. 날은 덥고 식수를 마실 만한 곳은 멀었다.

여기저기에서 불평과 짜증 섞인 대화가 터져 나왔다.

“괜히 왔어. 바닷물이 한번 나갔다 들어온 것 말고는 볼 것도 없는데.”

“맞아, 음식점도 후졌고. 배 타는 시간보다 기다리는 시간이 몇 배는 더 되잖아.”

우조는 자신도 모르게 입이 쑥 내밀어지면서 이맛살이 찌푸려졌다. 그때 모 씨와 눈이 마주쳤는데, 그가 “씨발!” 하고 혼잣소릴 뱉었다. 우조가 일어섰다. 그러자 모 씨가 “어디 가!”라고 반 협박조로 말했다. 그곳은 섬이기 때문에 뱃길 외엔 퇴로가 없다. 그런데도 감시하듯이 묻는 모 씨가 몹시 경멸스러웠다.

“화장실 가지 어디 가겠어요?”

주위 사람들이 우조와 모 씨를 한눈에 묶어서 쳐다봤다. 우조는 창피했다. 아무 사이도 아닌 모 씨와 단지 여행을 함께 왔다는 그 단순한 이유만으로 겪어야 하는 불편함 때문에 우조는 화가 치밀어 올랐다.

화장실 갔다가 물을 마시고 느린 걸음으로 자리에 돌아왔다.

모 씨가 멱살잡이를 하고 있었다. 우조가 자리를 비운 사이 모 씨도 자리를 비웠던지, 자리를 빼앗기게 되자 시비가 붙은 거였다. 다른 자리에서도 시비가 붙었다. 담배 불똥이 여자의 옷에 튀었고 그 여자의 남자와 담뱃불의 주인과 실랑이가 벌어졌다. 배는 오지 않고 분위기가 아주 고약해져 가고 있었다.

그때 한 남자가 앞으로 나갔다. 아까 우조의 손을 잡아주던, 수영복을 입고 청바지를 헹구어 짜 입던 그 남자였다. 그는 노래를 불러도 되겠느냐고 양해를 구하지도 않고 "디딩!"하고 기타 줄을 퉁기더니 노래를 불렀다.

"나이타 돌, 나이타 돌, 나이타 돌……."

들어보니 Tom Jones의 Delilah였는데, 그는 곡 소개도 생략한 채 오로지, '나이타 돌' 네 음절만으로 곡조를 타 넘었고 좌중은 포복절도했다. 허리가 약간 굽고 오른쪽 어깨가 아주 조금 밑으로 처진 폼이 책상에서 막 일어선 듯 했으며 동작을 바꿀 때마다 습관적으로 안경을 올렸다. 그는 아주 훌륭한 목소리를 가지고 있었으며 리듬감 있는 글루브와 살짝살짝 곁들이는 몸동작은 어긋날 듯 맞아떨어져서 묘한 매력을 자아냈다.

노래가 끝나자, 앵콜이 쇄도했고 그가 다시 노래를 불렀다.

"밤 깊은 골목길 그대 창문 앞 지났네, …… 오 나의 딜라일라……."

그 남자의 호흡에 맞춰가며 모두들 따라 불렀다.

우조의 생각이 거품처럼 일어났다. 하모니카로 반주를 넣고 싶다, 아, 그에게 내 노래를 들려주고 싶다!

"I may not have a mansion, I haven'tany land."

관중들이 우조를 향해 박수를 쳤을 때, 우조는 자신이 방금 노래를 불렀다는 걸 인식했다. 앵콜을 연호 했다. 무대에서 내려간 그 남자가 우조와 거의 대척점의 위치에 앉아서 그 남자가 Seven Daffodils의 전주곡을 쳤고 우조는 앉은 자리에서 '일곱 송이 수선화'를 불렀다.

"긴 하루 어느덧 가고 황혼이 물들면 집 찾아 돌아가는 작은 새들 보며 조용한 이 노래를 당신께 드리리……."

배가 도착했다. 사람들은 앞 다투어 배에 올라탔고 우조도 그 대열에 섰다.

모병기가 바싹 다가와 우조의 손목을 비틀듯이 잡고, 귀에 대고 속삭였다.

"너, 소리 지르면 옷을 확 찢어버린다."

우조를 남겨 둔 배가 출항의 기적소리를 낼 때 모병기가 그 배를 향해 손을 흔들었다. 배가 멀어졌을 때 모병기는 우조의 얼굴을 가격했다. 우조는 안경이 깨진 채 근처 여인숙으로 질질 끌려가서 심한 폭행을 당했다. 우조의 꿈도 썰물처럼 빠져나가고 그 자리에 절망이 밀물처럼 밀려들었다.

*

한수는 4차 미션에서 데뷔 15년 차인 '풍도'라는 가수와 '일대일' 데드 매치를 치러서 이겼다. 심사위원 표는 반반이었지만 '대국민응원단' 투표에서 압도적으로 승리했다. 한수는 성원에 감사하다는 편지와 함께 많은 선물을 유정리 이장 앞으로 보내왔다. 마을에서는 잔치가 열렸다.

우조도 풍자 씨와 함께 가서 주빈 노릇을 하고 있는데, 연락도 없이 윤슬이 경로당으로 들어섰다.

"한수가 제 형을 대신 보냈구만. 꿩 대신 닭이라고, 윤슬이 오니까 좋구만."

"색시를 데리구 오믄 더 보기 좋을 걸. 국수는 운제 먹여 줄 거여?"

사람들이 질문을 퍼부었지만, 윤슬은 대답을 하지 않고 웃음으로 때웠다.

그때 누군가가 한수한 이름만 쳐도 이제 인터넷에 뜬다며 그걸 읽어주겠다고 휴대폰을 들고 풍자 씨에게로 갔다.

'출생, 경기도 여주시'에서 좌중은 이미 뒤집어졌다. 가족란의 아버지와 계모의 이름 뒤에 애묘, '아롱이 다롱이' 라고 하는 부분에서 좌중의 탄식 흘러나왔다. 사람들이 할머니 이름은 안 올리고 고양이 이름만 올라간 것에 대해 따지듯이 물었지만 우조는 뭐라 할 말이 없어서 진땀을 뺐다.

"우리 큰딸한테 공박하지 말어유 덜. 내가 잘못 키워서 그런 거니까."

풍자 씨가 부끄러워 못 견디겠다는 표정으로 가자고 우조에게 고갯짓을 했다.

우조가 풍자 씨를 부축해서 밖으로 나오자 낯선 손님처럼 눈이 내리고 있었다. 첫눈이다.

집에 온 줄 알았는데, 윤슬이 보이지 않았다.

"윤슬이 없어요, 가방도 없어요, 엄마!"

"너는 지금 그게 문제니!"

풍자 씨가 버럭 역정을 내며 전대를 풀어서 거실 바닥에 패대기를 치고는 방으로 들어가서 우조도 따라 들어간다. 풍자 씨가 내동댕이치듯이 침대 위에 엎어진다.

"아이구, 아이구, 아이구……!"

풍자 씨가 곡을 하듯이 운다.

어린 새들이 울고 있다

우조는 낭떠러지 위에 서 있다. 겁탈하려는 손을 피해 뒤로 물러 나려다가, 균형을 잃고 허우적댄다. 전화벨이 울린다. 우조는 비몽사몽간에 버튼을 누른다.

"전화 못 받았지?"

모병기다.

"무슨 말이에요, 그게!"

우조의 뇌리에 K대 연못 사건이 떠오른다.

"윤슬이 병원에 있대……죽었……."

"……."

"난 여기 와 있어. 빨리 좀 와."

우조의 몸에서 기가 빠져 나간다. 현기증이 일고 입이 바짝바짝 탄다. 단축키에서 '아들'을 찾아 누른다. 받지 않는다. 연거푸 세 번을 누르다가 응답 없는 휴대폰을 들고 뛰쳐나가서 택시를 잡아탄다.

"파주 출판단지요!"

"네?"

"파주요, 경기도 파주!"

기사는 대답도 없이 차를 출발시키고, 우조는 '아들'의 단축키를 누른다. 부재중이니 잠시 후에 걸어달라는 안내가 나온다. 우조는 다시 걸기를 반복한다.

"파주 어디로 갈까요?"

우조의 목에서 피가 올라온다. 가까운 병원 아무 데나 내려달라고 하자 기사가 신경질을 내며 내과 병원 앞에 차를 댄다. 우조는 이만 원을 자리에 놓고 병원으로 들어간다. 우조는 지혈 처방을 받고 다시 택시를 잡아탄다.

윤슬은 자는 듯 누워 있다.

사인은 급성 심장 마비라고 누군가 말했다.

정신이 오락가락하는 우조의 의식 속으로, 윤슬이 다니던 병원에 알아봤는데, 브루가다 증후군을 앓았었다, 경찰이 뒷조사를 한다, 는 말이 간간히 들어온다. 낮과 밤이 두 차례 바뀌었다. 활활 타오르는 불길을 보며 연옥이라는 단어를 붙들고 있는데 불길이 꺼지면서 상황이 종료되어 버렸다. 할 수만 있다면 윤슬을 도로 자궁 속으로 넣고 싶었다. 한 몸인 채로, 방금 전에 보았던 그 불 속으로 뛰어들어 흔적도 없이 타버려서 연기처럼 공중으로 흩어지고 싶었다. 윤슬과 관련이 있던 사람들 심지어 윤슬의 아빠마저도 "부모보다 먼저 가버린 놈은 자식도 아니야. 유골은 화장장에 그대로 두던지 네가 하고 싶은 대로 아무데나 뿌려버려."라고 말하곤 모두 자취를 감추었다.

우조는 윤슬과 단둘이 남았다.

나무상자는 따뜻했다.

이 아이를 어떻게 해야 하나요!

하늘을 보고 물어보고, 땅바닥에 쪼그리고 앉아 피를 토하며 울었다.

경혜경의 주선으로, 우조는 윤슬의 유골을 안고 서울 북한산에 위치한 어느 산사로 들어갔다.

윤슬은 법당의 제단 위에 안치되었다.

"오늘부터 칠 일째 되는 날마다 여섯 번의 제를 지내고, 일곱 번째 되는 날 사십구재를 지냅니다."

사무장의 설명이었다.

우조는 사무장으로부터 개량한복을 받아들고 배정받은 방으로 들어왔다.

방안에는 거울도 없었으며, 세 군데로 나 있는 창호지 문에는 잠금장치도 없었다. 우조는 방에 갇힌 것 같기도 하고 방이 아닌 노상에 있는 것 같기도 했다.

왜 잿빛일까, 죄수복 같네. 이 옷을 입으면 이승도 아니고 저승도 아닌, 중음의 시간을 보내는 윤슬의 영가와 소통이 가능할지도 모르지.

우조는 그런 생각을 하며 옷을 갈아입고, 잠금장치가 없는 방을 나와서 법당으로 갔다. 향에 불을 붙이고 나서 법당의 주인인 부처님께 먼저 절을 하고 우조는 무너졌다.

"미안해, 미안해, 엄마가 잘못했어."

우조는 육즙을 짜내듯이 울고 또 울며 빌었다.

"엄마, 빨리 와……!"

그것은 분명 윤슬의 목소리였다.

우조는 윤슬을 제 아빠한테 맡겨 두고 과외지도를 다녔다. 금방 온다고 약속을 했는데도 윤슬이 어떤 날은 과외 하는 집으로 전화를 걸어서 "엄마, 빨리 와." 라고 말했다. 집에 돌아온 우조는, 너도 내년이면 학교에 가니까, 이제 다 컸다고, 그러니 견뎌야 한다고 훈계를 했었다. 단순한 투정이 아니라, 윤슬도 가끔은 아빠가 무서웠는지도, 그래서 불안해서 엄마를 불렀는지도 모른다는 생각이 우조의 뒤통수를 갈겼다.

"그래, 갈게. 엄마도 곧 갈게. 사십구재를 지내야 네가 좋은 곳으로 간다는구나. 그때까지 무서워 말고 기다려. 꼭 갈게."

매주 토요일마다 제를 지냈는데 그때마다 경혜경이 왔다.

제를 지낼 때, 윤슬의 이름과 주소 그리고 제를 올리는 부모의 이름을 호명하는 의식이 있었는데 윤슬 아빠 대신 '경혜경 이모'를 넣었다. 경혜경은 천주교 신자임에도 불구하고, 불경을 따라 낭독했고, 백팔 배를 하면서 윤슬의 극락왕생을 빌었다.

일곱 번째의 재를 지내고 우조는 윤슬의 유골을 절 앞 계곡물에 뿌렸다.

생을 마감하고 나면 어떻게 해달라는 유서 같은 것은 없었지만 88년 용띠 해에 태어난 윤슬은 물을 좋아했으므로 물로 보내줬다.

이것으로 사십구재의 의식이 모두 끝났다.

제에 참여했던 사람들이 함께 내려가자고 했지만, 우조는 절에 남았다.

윤슬을 만나려면 이제 나는 바다로 가야겠는데, 어떻게 해야 하지?

우조가 이러고 있는데, 템플스테이를 진행하고 있어서 절에 방이 부족하다. 그러니 정 더 머물겠으면, 일주일에 이틀 정도는 다른 사람과 함께 방을 써야 된다, 고 했다. 우조는 하산하기로 마음을 정했다. 사십구일 동안 입었던 법복을 빨아서 반납하고, 경혜경이 가져다 준 배낭에 염주, 지장경, 금강경 등을 챙겨서, 감옥 아닌 감옥을 빠져나온다.

화장실로 들어가 거울 앞에 선다.

몰골이 말이 아니다. 머리가 빠져서 정수리가 휑한, 깊은 슬픔을 가누지 못하고 여전히 눈에 눈물을 매단, 노추한 노파가 우조와 대면하고 있다.

"휴!"

우조는 깊은 한숨을 토해내고 눈물을 꾹 짜버리고 화장실을 나온다.

발걸음을 떼어 놓는데, 바지가 껍질처럼 후루룩 벗겨진다. 그걸 도로 주워 입고 배낭에서 검은 비닐봉지 두 개를 잇대어 돌돌 말아 허리를 묶고 절 입구를 향해 발걸음을 옮긴다.

들어올 때에는 윤슬을 안고 왔었는데……. 우조는 몸속에서 태반이 통째로 빠져나간 느낌이다. 오장육부가 다 딸려 나간 듯 속이 텅 비어버린 것 같다. 이제 나는 빈 몸이구나! 혈혈단신 사고무친이 되어버렸구나!

절 문을 나선다. 사찰의 추녀 끝에 매달린 풍경이 "에밀레 에밀레" 우조의 가슴을 때린다.

산길을 끼고 흐르는 계곡물이 어미를 찾는 어린 새 떼처럼 칭얼거린다. 자꾸 허방을 짚으며 산길을 내려오니 셔틀버스가 보인다. 버스를 타려는데 경혜경이 다가온다.

경혜경은 우조를 압송하듯이 자기 차에 태우고 텀블러를 열어 커피를 따라준다. 커피를 마시다니, 이래도 되나 싶으면서도 목이 마른 우조는 얼결에 입을 축이고 본다.

"어디로 갈까?"

"현충원, 대전."

"알았어 언니. 한숨 자둬요, 안전벨트 매고."

우조는 차 문을 열고 밖으로 나가서 갇힌 숨을 한번 토해낸다.

'잘 있거라, 북한산아!'

우조는 운전석 뒤쪽에 앉는다.

"앞에 앉아야 멀미 덜 하는데?"

우조는 대꾸하지 않고 차창을 연다. 졸졸졸 물소리가 따라온다. 간간이 눈을 떴다, 감았다 하며 시체처럼 실려 간다.

현충원이다.

경혜경은 화장실로 가고 우조는 보훈 매점에 들른다. 여태까지는 생생하게 살아 숨 쉬는 흰 국화를 바치는 것으로 아버지에게 사랑하는 맏딸이 왔음을 알렸었다. 오늘 우조는 플라스틱으로 된 빨간 장미를 한 다발 고른다. 백세주 한 병과 오징어포도 산다.

아버지 묘표 앞이다. 경혜경이 차 트렁크에서 돗자리를 펼치고, 술과 안주를 진설하고, 우조는 플라스틱 화병에 꽂혀 있던 묵은 꽃을 뽑아내고 빨간 장미 다발을 꽂는다. 생수로 비석을 씻기고 돗자리 위에 선다.

"아버지, 왜 윤슬을 지켜주지 않으셨어요, 저는 어떡하라고……."

우조는 목에 걸린 원망부터 토해낸다. 울면서 백세주를 따라 잔을 올리고 절을 두 번 한다.

"기다리세요, 곧 갈 테니. 그때까지 윤슬이 잘 붙들어 두세요."

경혜경이 무릎을 꿇고 잔을 든다. 우조가 술을 부어주자 제상에 올리고 이번에도 절을 한다. 천주교 신자인 경혜경이 절을 할 때마다 우조는 자기 때문에 경혜경이 배덕한 죄를 짓는 것 같아 괴롭다. 우조는 절을 한 번 더하고 나서 아버지 앞에 놓인 술을 단숨에 마셔버린다. 또 한잔을 부어서 마시려고 하자 경혜경이 술잔을 잡는다.

"언닌 술 마시면 피 나잖아요. 내가 대신 마셔줄게."

경혜경이 술을 마시고 또 한잔 붓는다. 우조가 그 잔을 묘지 석 옆에 뿌리고 병에 남은 술도 마저 뿌리고 아버지 앞에 떼쓰듯이 돗자리 위에 대자로 뻗는다.

"누가 나 좀 여기 이대로 묻어줬으면……."

경혜경이 휴대폰을 켜서 우조에게 보여준다.

"이거 봐봐. 〈트로트 차차차〉 마지막 경연 무대야."

한수가 마이크를 쥐고 있다. 익숙한 전주가 흐른다. 송창식의 〈밤눈〉이다.

"한밤중에 눈이 내리네, 소리도 없이.……당신은 못 듣는가, 저 흐느낌 소리……."

편곡된 그 가락이 우조의 묵은 기억의 장면을 펼쳐 놓는다. 고등학교 이학년 여름 방학 때 집에 갔는데, 식구들이 모두 외할머니 장례식장에 가고 없어서 우조도 외가에 갔다. 선산으로 운구된 외할머니는 이미 하관을 마친 상태였다. 장례 꾼들이 둥그렇게 모여 회다지를 하고 있었다. "얼 라리 더얼, 덜" 하면서 묘를 다졌다. '얼, 라리 더얼'에서 오른발로 세 번을 밟고, 몸을 획 돌려서 마침표를 찍듯이 왼발로 '덜'하고 한번 꾹 누르는 짓을 반복하는 그 의식은 마치 재미있는 놀이 같았다. 의식이 끝나자 이번에는 선창자가 "녹두새, 종달새, 굴뚝새, 두견새, 기러기, 학두루미, 제비, 참새" 하고 새들의 이름을 불렀고 선창자가 새들의 이름 부르기가 끝나자마자 다같이 "우 야 훨"
하고 후렴구를 넣으며 의식을 마쳤다.

"흰 벌판 언덕에 내 우는 소리……."

가슴 깊숙한 곳에서 소리를 끌어올린다. 음절이 넘어갈 때 휴지 부분에서 호흡으로 흐느낀다. 저것은 스킬로 되는 것이 아니다. 한수가 윤슬을 조상하는가 보다. 우는 방청객을 잡는 컷이 화면에 클로즈업 되고, 화면 속 공기는 점점 밀도가 올라가 진공상태가 되어간다. 노래가 끝나고, 우승자의 얼굴이 크게 비친다. 한수다.

"한수가 우승했어요, 언니!"

경혜경이 이렇게 말하고 일어선다.

경혜경은 의논도 하지 않고 차를 숯불갈비 집에 댄다.

경혜경이 강제로 숟갈에 올려 줘서 몇 점 먹긴 했지만 우조는 속이 거북하다. 여기저기 가렵고 두드러기가 올라온다. 오십일 만에 먹는 육식을 몸이 거부하고 있나 보다.

차에 오르자, 경혜경은 묻지도 않고 풍자 씨네 집 주소를 티맵에 찍는다.

"언니, 당분간은 친정에 있어. 그래야 내가 마음이 놓일 것 같아."

우조는 대답하지 않는다.

"엄마! 나 이제 어떡하면 좋지?"하고 풍자 씨에게 매달릴지도 모른다. 보나마나 풍자 씨는, "미안하다, 나를 돌보느라 윤슬이를 방치했구나, 내가 먼저 가야 하는데, 그게 어디 사람 마음대로 되는 일이라야 말이지."라고 할 것이다. 어쩌면 그 말이 듣고 싶어서, 힘든 몸을 이끌고 친정으로 가고 있는지도 모른다고 우조는 생각한다.

차를 세우자, 현관문이 열리고 문기 처가 나온다. 경혜경에게 묵례를 하고 우조를 붙들고 운다. 문기 처의 울음이 서럽다. 기별도 하지 않았는데, 와 있는 것도 그렇고, 울음이 서러운 것도 그렇고, 풍자 씨의 병이 악화됐나 보다. 사십구재 때 얼핏 듣기는 했다. 치매 증상이 심해져서 낮 동안에는 주간보호센터에 다니고 저녁에는 집에서 지낸다는 말을.

집 안으로 들어가자, 소파에 앉아 있던 풍자 씨가 비칠거리며 일어난다. 입을 벌리고 눈에는 눈물을 매단 채 팔을 벌리고 비척비척 다가온다.

"엄마, 어디 갔다 인제 왔어. 엄마 아……!"

엄마라니, 날 더러 어쩌라고! 우조는 눈을 감아버린다.

경혜경은 못 볼 것을 본 듯이 고개를 외로 꼬더니 밖으로 나간다.

우조는 자기 방에 들어가서 문을 잠근다. 실컷 울고 싶은데 풍자 씨가 따라와 문을 두드린다. 문기 처가 달래서 모시고 간다.

우조는 이 집도 무섭고 동네 사람을 만날까 봐 그것도 두려워서 경혜경 차에 탄다.

"조치원으로 간다, 언니?"

경혜경은 우조에게 가끔 책을 사서 부치곤 해서 조치원 주소는 익히 알고 있다. 우조는 안전띠를 맨다.

집 앞이다. 우조는 현기증이 인다. 담배를 피우고 있는 윤슬의 환영을 본 것이다. 경혜경의 부축을 받고 엘리베이터를 타고 올라와 아파트 현관 앞에 섰을 때 우조는 또 한 번 윤슬의 환영을 보았고 현기증이 일었다. 간신히 비번을 누르고 집안으로 들어와 우조는 현관 앞에 털썩 주저앉는다.

"여기 나갈 때만 해도 윤슬이 있었는데, 있었는데……!"

윤슬의 방이 너무 신경 쓰인다.

"나 집이 무서워. 나가서 저녁 먹자 우리."

집을 나와서 음식점으로 갔다. 주문한 음식을 기다리는 동안 우조는 고개를 들 수가 없다.

"어떡하면 좋지, 사람들이 나만 쳐다보고 있어, 무서워."

경혜경이 우조의 곁으로 와서 손을 잡아주었다. 매생이 국밥을 시켰지만, 너무 뜨거워서 반도 못 먹고 식당을 나왔다.

경혜경이 근처 산으로 차를 몰았다. 산 밑 주차장에 차를 대고 등산객들이 다니지 않는 쪽으로 올라가다 보니 앉아 쉴 만한 바위가 나왔다. 경혜경이 우조를 부축해서 거기 앉히고 자기도 그 옆에 앉는다.

"이런 쉼터를 숨겨놓았다니, 여긴 언니 자리네."

우조도 그런 생각이 들어서 고개를 끄덕인다.

"하모니카 들고 와서 불어, 언니 십팔 번 있잖아. 졸업여행 때 불렀던 그거."

경혜경이 우조의 머리를 가져다 자신의 어깨에 얹어 놓고 큼큼 목청을 가다듬는다.

"긴 하루 어느덧 가고 황혼이 물들면 집 찾아 돌아가는 작은 새들 보며 조용한 이 노래를 당신께 드리리……."

사위에 어둠이 내려앉을 때까지 두 사람은 그렇게 서로 기대어 있다가 산을 내려왔다.

이튿날, 경혜경은 다음 주 일요일에 또 내려오겠다고 약속하고 돌아갔다.

우조는 머플러로 얼굴을 칭칭 싸매고, 챙이 넓은 모자를 쓰고 산으로 갔다. 경혜경이 앉았던 자리에 앉아서 바위를 쓰다듬으며 경혜경을 기다렸고, 셋째 날에는 키 큰 나무와 우듬지에 둥지를 짓고 있는 까치를 보았고, 넷째 되는 날에는 바위 뒤쪽에 비스듬히 서 있는, 두 갈래로 갈라진 소나무를 보았고, 다섯째 날에는 꽁지를 깃 까부르고 있는 콩새 한 마리를 보았다. 새는 고개를 갸웃거리며 우조를 보다가, 날아갔다가 다시 와서 또 보았다. 우리는 좋은 친구가 될 것 같다던 금나라 이사장의 말이 떠올랐다. 새가 울었지만 우조는 새들의 언어를 알아들을 수 없어서 미안해졌다. 집에 가서도 자꾸 새 생각이 났다. 경혜경이 오기로 한 여섯째 날이 되었다. 우조는 잣을 챙겨서 산으로 갔다.

경혜경은 오지 않고 문자가 왔다.

언니, 인간은 자기 꾀로 사는 게 아니고 하느님의 재량으로 사는 것 같아요. 그러니 원인이 뭔지 파헤치지 말고 순응하면서 살아봐요, 우리.

우조는 답장을 하지 않고 콩새를 불렀다.

"콩새야! 콩새야!"

학을 아들로 삼았다는 송나라 때의 임포를 생각하며 몇 번이고 콩새를 불렀지만, 콩새는 오지 않았다. 우조는 이튿날도 그 다음날도 잣을 들고 가서 콩새를 불렀다. 사흘째 되던 날 드디어 새가 날아와 잣을 물고 나뭇가지로 옮겨 앉았다. 곤줄박이였다.

두 해가 흘러갔다.

오늘은 첫눈이 오려는지 하늘이 암상 떠는 고양이처럼 새침하게 흐렸다.

사고가 난 그해 그날에는 첫눈이 많이 늙은이 살비듬 같은 눈이 희롱하듯이 나풀거리다 말았다. 그날부터 색조 화장을 하지 않았으므로 날씨로 표현하자면 우조의 얼굴은 '흐림'이었다. 오늘은 가부키처럼 분칠을 하고, 윤슬과 작별할 생각이다.

절에서 배운 대로 사시에 제를 지낸 후 우조는 윤슬의 방에 들어간다.

옷장을 열어 남은 옷을 꺼내고, 앨범들을 모두 꺼내고, 일기장도 꺼낸다. 일기장에서 종이가 툭 떨어진다.

잘 있거라, 짧았던 밤들아!! 공포를 기다리던 흰 종이들아 잘 있거라!!!

낙서처럼 끄적거려 놓은 이 문장은 기형도의 「빈집」에서 베껴온 것이리라.

절에서는 제를 지낸 뒤에, 상에 올렸던 밥을 영가가 먹던 밥이라서 상주가 먹어야 한다며 우조에게 주었다. 그렇게 해야 영가가 극락왕생한다고. 그러나 우조는 그 밥을 목구멍으로 넘기지 못했었다. 이듬해 기일을 다른 절에 가서 보냈는데 그곳에서도 상에 올렸던 밥을 주었고 우조는 그 밥을 먹지 못했다.

이제 오늘로 삼 년 탈상을 끝낸 것이다.

우조는 제상에 올렸던 떡과 밥을 싸 들고 집을 나선다.

늘 앉던 자리에 가서 앉자, 새들이 알아채고 모여든다. 떡과 밥을 뿌려준다. 야단스럽게 울어대는 새소리를 들으며 우조는 생각한다. 저 소리는 울음인가, 웃음인가.

우조가 우조羽調에게

우조佑助, 너는 새가 되었다고 믿었다.

창공을 날기 위해 부단히 애를 썼고 미래를 위해 나무를 가꾸는 것도 게을리 하지 않았다. 그러던 어느 날 폭탄이 떨어져서, 서른 세 해 동안 지성으로 가꾼 나무가 뿌리째 뽑혀버렸고 그 자리에 동굴이 하나 생겼다.

너는 어둠이 좋다. 어둠은 동굴이고 동굴은 어둠이다. 동굴은 무덤을 닮았다.

동굴에 빈항아리처럼 웅크리고 있는 너에게 지인이라고 자처하는 인간들이 찾아왔다.

어떤 이는 침을 뱉었고

어떤 이는 똥물을 끼얹었고

어떤 이는 인과응보라고 지껄이고 갔다.

인간이라는 종種에 대해 환멸을 느낀 너에게 경혜경이 찾아왔다.

경혜경은 너를 위버맨시가 있는 산사로 데리고 갔다. 너의 슬픔을 알아 챈

그가 부드러운 목소리로 새의 서사를 풀어놓았다.

아주 먼 옛날, 아들을 잃고 거리를 헤매는 고타미 여인에게 기원정사를 찾아가보라고, 거기 가면 석가모니가 있을 것이라고 어떤 새가 전해주었다. 기원정사를 찾아간 고타미 여인이, 죽은 아들을 살릴 수 있도록 도와 달라고 애원하자, 석가모니가 방책을 알려주었다.

"겨자씨 대여섯 알을 구해오되, 사람이 죽은 일이 한 번도 없는 집에서 구해오라."

고타미 여인은 부지런히 겨자씨를 구하러 다녔다. 겨자씨를 주는 집은 많았으나, 사람이 한 번도 죽은 일이 없는 집은 찾지 못했다. 고타미 여인은 마음의 법열을 느끼고 스스로 새가 되어 자유로움을 구했다.

위버멘시에게 새의 서사를 다 듣고 난 너는 언약했다.

"저는 이제 한 그루의 나무가 되겠어요."

너는 나무가 뽑힌 동굴로 돌아와서 웅녀처럼 웅크리고 앉았다.

아름다운 이름을 가진 새들이 너에게로 날아와서 새들의 언어로 노래할지도 모른다고, 제 가슴 털을 뽑아내어 둥지를 만들고, 알을 낳아서 따뜻한 가슴으로 새끼를 품을 지도 모른다고 너는 믿고 싶다.

바람이 분다.

"우……!"

나무가 울고 있다.

너는 생각한다, 나무가 되길 잘했어. 나무도 새처럼 울 때 눈물을 흘리지 않으니까.

이 소설을 쓰는 동안 우조는 동굴에 갇혀서 속죄와 발효의 시간을 가졌다.

소설의 발원이 시작 되는, 그 긴장되는 순간을 여러 차례 만날 수 있었고 그런 시간이 추동력이 되어 우조를 책상에 붙들어 앉혔다. 어느 지점에서는 소설이 아니고 자전적이어서 까무룩 해지기도 여러 번, 그러다가 또 경혜경이 깨워서 일어나 새의 언어를 받아 적었다.

우조는 윤슬을 떠나보냄으로써 드디어 윤슬을 온전히 얻을 수가 있었고, 풍자 씨를 외면함으로 풍자 씨에게서 놓여날 수가 있었다.

*

나에게는 김혜경이라는 이름을 가진 벗이 세 명 있다.

아주 오래전에, 문학이 일천한 나에게 작가적 기질이 있다고 말해준, 나와 동갑인, KBS 라디오 〈황인용 강부자〉 프로를 맡았던 피디님. 대필을 할 수 있도록 도와준 숭의여대의 동기. 윤슬의 마지막을 성심으로 도와준 법명이 태우스님.

이렇게 세 명의 김혜경을 기리기 위해 우조의 친구 이름을 경혜경으로 명명했다.

경혜경 하고 부를 때마다 내 입에서 맑은 음악소리가 나는 경이로움을 주었고 그 힘 역시 추동이 되어 내가 작가라는 걸 일깨워 주었으며 할 수 있다고 응원해 주었다.

윤슬과 나를 산사로 안내해주고, 매주 토요일마다 절을 하며 옆에 있어준 작가, 은현희. 그리고 산사에서 나에게 위버멘시가 되어 주신 동명스님께, 흙으로 돌아가는 날까지 나는 코가 무릎에 닿도록 절을 올릴 것이다.

나에게 어머니라고 부르는 윤슬의 절친 성진, 그리고 삼십 년 동안 나를 지지해주는 손정순 작가 출판사 대표께도 고마움을 전한다.

시력이 약한 나를 위해서, 쌀에 뉘를 고르듯이 원고를 읽어 주며 피드백을 도와준 김승우, 김지연, 윤명구 이 세 사람을 나는 제자라고 소개하며 도반으로 이 지면에 호명한다.

복카치오는 "불행한 사람들의 고뇌를 덜어주기 위해 이 글을 쓴다." 고 했다.

이 글을 쓰면서 나는 고통 속에서 벗어났고 그리고 성장했다.

새는 울지 않으면 존재 증명이 어렵다. 자가 발전기를 돌리는 심정으로 읊어본다. 울어라, 새여! 우는구나, 새여!

끝으로 사무치게 그리워도 볼 수 없는 윤슬에게 이 책을 바친다.

2022년 매듭 달에

김세인